MELINA
CRÍVEL

INGRA DANIELLE PORTUGUÊS

MELINA
CRÍVEL

plus+ editora

DIREÇÃO EDITORIAL
Giovanna Vaccaro

PRODUÇÃO EDITORIAL
Jadna Alana

PREPARAÇÃO
Kaio Rodrigues

REVISÃO
Monique D'Orazio
Jadna Alana

CAPA
Henrique Morais

DIAGRAMAÇÃO
Bruno Lira

DADOS INTERNACIONAIS DE CATALOGAÇÃO NA PUBLICAÇÃO (CIP)

Português, Ingra Danielle
Melina Crível / Ingra Danielle Português. – 1ª edição – São Paulo: Coerência, 2020

ISBN: 978-85-5327-210-5

1 - Ficção brasileira. 2. Fantasia I. Título

CDD: 869.3

Grupo Editorial coerência

plus editora

São Paulo
Avenida Paulista, 326,
cj 84 - Bela Vista
São Paulo | SP – 01.310-902
www.editoracoerencia.com.br

A

minha

homenagem

ao avô que não conheci;

à menina que tinha medo do futuro;

à Andressa, que inspira e ama minhas histórias;

à minha mãe, Edna crível, muito incrível e nada comum;

à Jessica, que foi a primeira a ouvir o sonho e a motivar o livro.

Este livro é parcialmente baseado em um sonho e em uma árvore que caiu!

Aos livros que amo.

Às leituras que fiz.

1. A PULSEIRA

O mundo é um lugar enorme, cheio de pessoas com diferentes gostos e opiniões. É um lugar cheio de diversidade.

Melina não era como as outras garotas. Ela era uma Crível, herdeira de seres mágicos que viviam neste mundo tão diverso. Caso não tenha compreendido, explicarei desde o início.

Melina ganhou uma pulseira que intensificava sua energia mágica aos sete anos. O objeto era imponente, mas não chamava atenção: combinaria com sua dona, tornando-se parte de seu corpo. Era mágica, e objetos mágicos não podem ser explicados com ciência ou com palavras. Decifrar a energia incrível é como tentar descrever a lei da gravidade: uma tarefa dificílima.

Seu pai a trouxe em uma caixa branca, luxuosa e bordada. Seus olhinhos encontraram o belo e brilhante presente que descansava sobre uma almofadinha.

— É a pulseira incrível? — perguntou, tentando conter a emoção.

— Sim, feita daquilo que é crível e incrível neste e em todos os mundos: os dons e as coisas impossíveis. Isso a torna fascinante e espantosa.

Melina viu refletir em seus olhos a raiz mágica da pulseira, que formava três letras: C, R e I. Não pense que é o "cri-cri-cri" dos grilos. Não! É o "cri" de acreditar, o "cri" dos críveis. Ou melhor, da família Crível.

Que dia incrivelmente ótimo para Melina. Ela sempre ouvira a respeito desse momento. Seus irmãos mais velhos tinham descrito aquela como a melhor das sensações. Para um anjo, significaria receber asas. Era como ouvir o som de sinos de casamento ou a primeira gargalhada de um bebê: algo divinal, maternal, angelical e muito legal.

Melina estendeu o braço direito. Usava um vestido comprado para aquele dia sublime.

– Que dia!

Seu pai, Jonas, estava muito contente em poder entregar à caçula o poder mais importante de sua família: aquela era a energia de gerações e gerações da família Crível.

– Sua mãe e eu esperamos muito por este dia.

Abigail, sua esposa, concordou com um delicado sorriso. Sem mais demora, Jonas levou a pulseira ao braço da filha, que sentiu toda a energia do objeto se conectar ao seu corpo. Foi como um pequeno choque que a despertou e a deixou um pouco tonta. Aquilo a assustou, mas sua mãe sorriu, emocionada, para acalmá-la.

– Você agora é uma Crível não apenas por nascimento, mas por mágica.

Jonas confirmou, observando a relíquia que brilhava no braço da pequena. Era um brilho de um amanhecer, a aurora de um novo dia. A pulseira se adaptou ao tamanho do pulso de Melina. Quando o brilho cessou, a menina respirou fundo, como se emergisse depois de um longo mergulho.

– Legal! – Melina mexeu a cabeça, ainda um pouco tonta.

– Crivelmente pronta – disse Jonas, com um grito de vitória.

Ao ouvir o grito, o irmão e a irmã de Melina entraram na sala acompanhados do avô, da avó e do tio Cosmo.

— Todos os Crível desta geração estão prontos.

Cosmo comemorava abrindo uma antiga bebida: uma bebida mágica, especial para grandes comemorações. Era a primeira vez que Melina provaria. Ela sempre achara divertido ver os outros bebendo, e havia esperado muito para que chegasse a sua vez.

O gás da bebida provocava um arroto que gerava bolhas divertidas: borboletas, pequenos passarinhos, barquinhos a remo que navegavam no ar, ondinhas de água ou mesmo cãezinhos latindo ao som das bolhas estourando.

— Ela pode tomar hoje. — Tio Cosmo serviu Melina com um copo pequeno. As bolinhas de gás mágico nadavam no recipiente, fazendo cócegas no nariz de Melina. O momento era incrível e grandioso, e a garota se perguntava o que poderia sair de seu arroto.

— Ainda não! — Abigail tirou o copo da mão da filha antes que a menina pudesse provar.

— Mãe! — Melina se sentiu traída. Virou-se para o pai e resmungou: — Pai, eu posso beber?

— Não pode. — Abigail não deixou o marido responder. — Imagina se ela engasga com o arroto mágico...

Jonas concordou.

— Acredito que depois de algumas aulas você poderá beber com a gente, filha.

Ele afagou a cabeça da menina, que mantinha os braços cruzados e um bico enorme.

— Eu quero! — insistiu, ainda fazendo bico.

— Hoje não, filha — respondeu o pai, afetuoso.

Melina se esforçou para não chorar. Engoliu as lágrimas e tentou rir de seu tio, que arrotava formas divertidas.

2. OS CRÍVEL

O sítio Crível se localizava em um município pequeno e sossegado. Nos fundos da casa, atrás de alguns pés de bambu, havia um portal. Não em uma toca de coelho, mas debaixo de uma velha árvore, entre suas grossas raízes, escondido na terra e sufocado pelo chão. A velha castanheira-do-pará era a árvore que abrigava a maioria das criaturas mágicas daquela região.

A regra era simples: árvores mais velhas protegiam as criaturas mágicas. Mantê-las vivas era uma forma de proteger esses seres, que cresciam ao seu redor e dali absorviam tudo o que precisavam para continuar vivos. Foi o avô de Melina quem lhe contou pela primeira vez a história da velha castanheira. Ele se balançava em uma cadeira antiga, dessas que não se faz mais.

— Foi um de nossos parentes que plantou essa árvore enorme — contou ele. Melina estava deitada em seu colo e ouvia atentamente. — O ano era 1817, e o Brasil vivia um momento intenso durante a Revolução Pernambucana. — Vovô fez uma breve pausa enquanto acariciava a cabeça de Melina. Depois continuou: — Sempre que há lutas ou catástrofes, um portal se abre e os seres mágicos precisam ser escondidos.

— Ele respirou fundo, pesaroso. — Nosso antepassado plantou essa castanheira-do-pará em cima do portal para que a sua raiz abrigasse essas criaturas; as boas e as ruins.

Melina cerrou os olhos, interessada. Ela entendeu a importância de proteger aquela árvore e passou a acompanhar seus pais durante as visitas ao local. O brasão da pulseira do pai brilhava ao se aproximar da planta, o que a deixava fascinada.

Certa vez, Melina perguntou o porquê de sua mãe e sua avó não terem um objeto como aquele. Jonas demorou a responder:

— A pulseira é passada de pais para filhos e germina no solo mágico no dia em que a criança nasce. Quando um Crível se apaixona por uma pessoa comum, ele precisa ter certeza de que pode confiar seus segredos incríveis a esse novo amor.

Melina ficou deslumbrada com a explicação e compreendeu a responsabilidade que teria pela frente. Mas ainda não era o tempo de pensar naquele assunto.

Os irmãos de Melina também tinham seus afazeres. Avani, sua irmã do meio, cuidava das aranhas do quarto invisível, as Aranhas do Fixo. Elas só podiam ser vistas depois de ganharem a confiança das pessoas ao redor. Somente Avani e seu avô tinham a capacidade de ver aqueles animais.

As aranhas eram mágicas, e suas resistentes teias podiam ser usadas tanto como escudo como para capturar as criaturas mágicas. A transformação das Teias do Fixo em redes de captura era um trabalho minucioso e exigia um enorme dom, pois podia causar inúmeros ferimentos. Avani sacudia sua pulseira mágica e só então pegava as Teias do Fixo, que crepitavam como se estivessem em chamas. Uma a uma elas se uniam até formar a rede.

Hugo, o mais velho dos filhos Crível, costumava usar seu poder em benefício próprio: com a ajuda de um pincel mágico, tornara-se um pintor famoso. Aparecera em programas de TV, mas nunca tivera o apoio de seus pais. O maior erro de Hugo foi pintar um autorretrato. Empolgado para mostrar a todos a sua pintura, ele correu para a sala e beijou a imagem. No encostar dos lábios, todo o seu corpo foi tomado pela tinta: o rapaz foi sugado para dentro do quadro.

Sua família assistiu em desespero à cena. Todos tentaram ajudar, mas a única coisa que restou no chão foi a pequena marca de tinta do tênis que calçava. Desde então, ainda esperavam por alguém disposto a usar seu dom para ajudar Hugo.

— Isso é impossível — retrucou Avani. — O rosto de Hugo ficou distorcido. Quem ajudaria uma pintura tão feia assim? Além do mais, a pessoa corre o risco de acabar presa no quadro como ele. — Ela deu um longo suspiro. — Quem o ajudar deve estar disposto a carregar esse fardo com ele. É uma grande responsabilidade...

Aquela triste lição transformou Melina: enquanto seu pai e seu avô eram discretos no uso de seus dons, Hugo optara por um caminho de soberba. Ele tinha dezoito anos quando tudo aconteceu. A notícia de seu desaparecimento tornou suas pinturas ainda mais valiosas, mas sua família jamais aceitou dinheiro por elas.

3. HUGO

Hugo ficou preso no quadro no mesmo ano em que Melina ganhou sua pulseira. Mesmo que a família ainda pudesse manter contato com o rapaz depois que ele se tornara um borrão de tinta, demorou meses para que todos se acalmassem.

— Lembra quando o nosso tio-avô virou estátua? — comparou tio Cosmo.

— Por que isso agora? — questionou Jonas, impaciente. — O importante é tirar o meu filho do quadro.

Dentro do quadro, Hugo se desculpava:

— Não pensei que fosse virar uma pintura... — Ele chorou, e uma lágrima de tinta desceu da tela, pingando no chão.

— Você foi inconsequente. Existem regras mágicas que devem ser seguidas — reclamou Jonas. — O seu dom nunca teve a ver com pinturas.

Hugo estava tão abatido que sua mãe pediu ao esposo que desenhasse um lenço na tela do quadro. De pé na pintura, o garoto lembrava um grande descobridor, e lá ficava, incansável, durante todo o dia. Algumas vezes se aventurava a sair do quadro. Em outras tantas, sumia entre tintas e borrões, o que levava sua mãe ao desespero. Acabava sempre voltando, e cada vez mais triste: sua pintura era tão feia que mesmo dentro do quadro o rapaz não era bem-aceito.

— Desde que nosso tio-avô virou estátua, nunca mais voltou ao normal — insistiu Cosmo.

— Será diferente com Hugo — zangou-se Abigail.

Com medo de usar seu próprio bracelete e ter o mesmo destino do irmão, Melina passou a receber ajuda do avô. Aos dez anos, três anos após a perda de Hugo, a menina usou pela primeira vez a sua mágica.

Ainda que fosse uma pessoa comum, a avó de Melina aprendera a habilidade de separar os grãos mágicos do quintal. Eles se pareciam com feijão, mas eram chamados de Grãos do Só, porque com eles as pessoas eram convencidas a só falar, a só recusar e a só afirmar. Possuíam diversas cores e sabores, e quando bem preparados serviam como ingrediente para inúmeras poções. De todos eles, os que mais chamavam a atenção de Melina eram os Grãos de Só Falar, que fuxicavam o dia todo.

— O que eles dizem? — Melina perguntou à avó enquanto ela debulhava os grãos sobre um tapete de palha no chão do quintal.

— Os grãos sempre falam sobre tudo — respondeu a senhora, lançando os pequenos flocos em uma panela.

Melina nada entendia daquelas palavras misturadas, mas sabia que sua avó adorava mexer com os grãos. Em seu tempero, a senhora utilizava os Grãos do Só Gostar, e todos sempre amavam sua comida por causa disso.

— Eles podem mesmo fazer alguém só falar? — indagou Melina.

A avó confirmou com um aceno.

— Mas apenas até a digestão. No arroto, a fala termina.

— Que legal, vovó. Posso pegar alguns? — Melina estendeu as mãos.

— Não.

A avó puxou levemente a mão da neta para longe dos grãos. Tinha aprendido muito sobre os seres incríveis durante seus anos de casada, e não queria que a neta se arriscasse.

— Por que não?

— Esses grãos não são para crianças.

— E são para quê?

— Para os adultos. Porque só eles podem entender os Grãos do Só. Crianças mudam depressa e deixam de gostar de tudo muito rápido.

— Isso não é verdade — queixou-se Melina, brava. — Eu não mudarei meu gosto!

A avó levou as mãos ao rostinho da neta.

— Quando crescer, você vai mudar, sim. E espero que seja para melhor.

Terminou dando um beijinho na bochecha de Melina, que ainda insistia em usar os grãos. Pensando nisso, a jovem armou um plano.

Sua avó logo se levantou para esticar as pernas. Pegou a panela com os grãos e pediu apenas que Melina levasse o tapete de palha para dentro. A senhora costumava colocar os grãos debulhados em uma gaveta que vovô trancava com magia na cozinha. O encanto afastava curiosos, então Melina tinha pouco tempo para agir.

Ela usou uma magia que havia aprendido durante as aulas com o avô: sacudiu sua pulseira e deu vida ao tapete de palha, que se tornou assustador. Vovó, que ainda segurava a panela, assustou-se com o objeto que rastejava feito cobra pelo chão. Os grãos se espalharam por toda a cozinha quando a senhora soltou a vasilha.

Melina fingiu ajudar a matriarca, e precisou ser rápida para conseguir pegar aquilo que tanto desejava. Depois da queda, os grãos reclamavam sem parar, e Melina precisou esconder cada um deles dentro de três pelúcias. Estava terminado o plano de Melina. Com um feitiço de animação, a garota fez algo que muito queria: transformou seus antigos brinquedos em novos membros da família e as pelúcias ganharam vida.

Mardoqueu era um urso branco com blusa e gravata-borboleta rosa. Tivam, por sua vez, era um tigre de olhos vivos; já Conde era um urso marrom de óculos e roupa de formatura. Aquela foi a primeira grande travessura de Melina, que depois foi castigada com a tarefa de debulhar Grãos de Só Ensinar, que não paravam de dar aulas.

Aquela, contudo, não seria sua última travessura.

No colégio, a professora separou a turma em duplas durante um trabalho de Geografia. Melina acabou se juntando a Gaspar, um menino que sempre se sentava ao seu lado, mas com quem ela jamais conseguira construir uma amizade. Juntos, eles deveriam pintar um mapa com os estados do Brasil.

Naquela idade, meninos não passavam de sujeitinhos bagunceiros, chatos e sujos. Gaspar, porém, era diferente: calmo, limpinho e bem-educado, ele era elogiado pela beleza e pelas sardinhas na bochecha.

— Que fofura! — diziam as pessoas depois de apertar as bochechas de Gaspar. Melina pensava, então, que talvez a beleza fosse como um doce de festa: delicioso e desejável. Por fim, passou a chamar Gaspar de brigadeiro, o rei dos doces.

Durante o trabalho, ela ficou impressionada com o talento do garoto:

— Como consegue não borrar nada? — indagou.

Gaspar estava concentrado demais para responder. Ele terminou tudo sem pedir qualquer ajuda. Foi rápido e solitário. Melina também estava solitária e não mediu esforços para tentar conversar, brincar e fazer amizade, mas foi ignorada todas as vezes. Isso porque Gaspar era muito tímido, só se aproximaria de Melina no momento certo.

Foi no fim da aula, depois que todos foram embora, enquanto Melina esperava os pais, que pela primeira vez na vida ela viu o garoto-brigadeiro chorar.

— O que houve? — Melina perguntou. Não imaginava que alguém tão desejado e amado pudesse perder sua doçura. Gaspar estava sozinho em sua carteira e não respondeu. — Se eu te contar um segredo você para de chorar? — Melina insistiu.

Quando percebeu que o menino prestava atenção, ela pensou que aquele talvez fosse um momento propício para revelar sua mágica a alguém. Sacudiu a pulseira, que iluminou toda a sala com imagens diversas: bailarinas, astronautas, planetas; tudo ganhava vida a partir da mágica de Melina.

Naquele dia, Gaspar descobriu um grande segredo, e aquilo pareceu consolá-lo.

4. ARTES MÁGICAS

Diferente do que Melina pensou, Gaspar não estava chorando. Ele estava resfriado e não se sentia muito bem. Foi assim que Melina o apresentou a outro mundo. Crianças podem ser bem interessantes, e adultos têm muito a aprender com elas. Nem mesmo tio Cosmo poderia imaginar o quanto Gaspar seria receptivo com o mundo mágico. Mais tarde ele criaria uma teoria:

— Se Gaspar fosse menos ingênuo, se fosse mais nervoso e um pouco mais adulto... talvez ele não tivesse agido como agiu, cafungado o nariz como cafungou e sido confundido com um chorão como foi. Se nada disso tivesse acontecido, ele não teria entrado nessa aventura.

— Você é uma bruxa? — indagou Gaspar com surpresa.

Melina fez que não.

— Não tenho nada de bruxa — reclamou, magoada.

— O que você é, então?

— Sou uma Crível, de sangue incrível e nada comum.

— E um Crível é mágico tipo uma... *fada*? — ele tentou um termo que parecia menos ofensivo.

— Fadas são pequenas e apenas incríveis — afirmou Melina. — Eu sou mais que isso. Eu sou Crível!

Gaspar ainda não conseguia entender.

— Como fez a mágica acontecer? Como fez tudo aquilo?

Melina mostrou a pulseira em seu braço.

— Isso movimenta uma grande energia em mim — explicou. — Você pode chamar de energia mágica, energia incrível ou de qualquer outro nome.

— E ela liga e desliga como uma lâmpada?

— Quase isso. — Melina riu.

— E sai do seu braço?

— Não. Fica aqui até o fim — respondeu, firme.

— Quando é o fim? — Ele achou que a mágica tinha data de validade.

— O fim é... — Melina nunca tinha parado para pensar naquilo. — Bem... deve ser quando termina a história. Deve ser nos felizes para sempre.

Gaspar ainda tinha muitas perguntas, queria saber os limites da pulseira.

— Pode fazer muita coisa com ela? — o menino perguntou. Melina confirmou com um aceno. O outro continuou, esperançoso: — Se eu te contar um segredo meu você pode me mostrar mais segredos seus?

— Sim.

Os dias que se seguiram foram de muita arte e confusão. Junto com suas três pelúcias, Melina rodava o próprio quarto em busca de uma ideia para ajudar seu novo amigo.

— Use o Grão do Só Falar — opinou Mardoqueu, o urso branco. — Isso funcionou com a gente.

— Na verdade ele só precisa que os adultos parem de mentir — respondeu Melina, porque era o que Gaspar havia confidenciado a ela.

— Então os adultos mentem para você? — indagou Conde, o urso marrom.

— Para mim, não. Mas mentem para o brigadeiro.

— Por que não pensa no Pinóquio? — questionou Conde, que conhecia a história. — Quando ele mente, seu nariz cresce e todos descobrem sua mentira.

Aquela ideia iluminou a mente de Melina. Ela correu para a cozinha. Pensou que, se misturasse o Grão do Só Falar com um pouco de verdade, talvez pudesse fazer os adultos não mentirem. Com isso em mente, Melina foi atrás do avô, que era o grande conselheiro da família.

— Onde se acha a verdade?

A idade do vovô lhe havia presenteado com paciência e sabedoria. Cada ano era um novo presente, e se juntava mais e mais até transbordar.

— Se quer achar a verdade, tente encontrar o mentiroso. A verdade estará do lado oposto — respondeu o avô.

A menina pensou que talvez vovô estivesse cansado. Sua sabedoria precisava dormir um pouco junto com ele.

— É como achar um Pinóquio? — Melina especificou.

Mas foi Jonas que, aparecendo na sala, respondeu:

— A sua tia Constanza gosta desse tipo de coisa. Ela consegue achar um Pinóquio.

Melina ficou interessada.

— Como?

— Constanza faz Poção Perfume para tudo. — Riu Jonas. — Ela consegue desmascarar um mentiroso com uma simples borrifada perfumada.

— Como se faz Poção Perfume? — indagou.

A resposta não veio. Jonas não queria que Melina soubesse. Como aquilo a deixou duas vezes mais curiosa, o jeito foi procurar com a avó o contato de tia Constanza. A mulher que atendeu o telefone no dia seguinte tinha uma voz grave e suave. Cumprimentou a sobrinha com simpatia e fez várias perguntas sobre a família Crível. Quando Melina perguntou da poção, a tia deu uma risadinha. Melina perguntou de novo, dessa vez com mais firmeza:

— Como faço para criar uma poção que deixe o mentiroso parecendo o Pinóquio?

— E por que quer achar um Pinóquio? — indagou Constanza. — Fazer o nariz crescer é muito fora de moda. O mais engraçado seria deixar as bochechas bem vermelhas, cheias de vergonha.

Melina gostou do plano, mas notou que sua tia levava tudo na brincadeira.

— Eu quero uma Poção Perfume para fazer isso que a senhora falou: deixar a bochecha do mentiroso vermelha de vergonha.

— A única pessoa nesta casa que pode te ajudar é o seu avô — explicou a tia. — A energia dele é suficiente para criar algo assim.

— E como eu faço isso?

Tia Constanza só explicou porque sabia que a sobrinha nunca conseguiria fazer aquilo sem uma poderosa energia Crível:

— Você deve misturar um Grão do Só Falar com Aroma de Vergonha e com Mentira Moída, que é um tipo de pimenta.

— E como eu acho Mentira Moída e Aroma de Vergonha? — Quis saber Melina.

— Tenho tudo isso aqui em casa. A pimenta só pode ser moída se vier de alguém que mente muito mal. A mentira de um profissional não serve para a Poção Perfume.

— Como posso preparar a poção sem nada disso?

— Não pode. Apenas os mais críveis conseguem. — Constanza resolveu tirar logo as esperanças da sobrinha.

— Como a senhora faria a poção? — Melina não se desmotivou. — Como pegaria a vergonha e moeria a mentira?

— Antes de tudo, eu me certificaria de não pegar as teias de Aranha do Fixo.

— E por que precisa das teias das Aranhas do Fixo?

— Porque além de capturar criaturas incríveis, as teias podem ser usadas para fixar uma Poção Perfume, dando um efeito eterno a ela.

— E como capturar a vergonha e a mentira? — Quis saber Melina, afinal.

— A vergonha pode ser capturada em um frasco mágico. Dentro dele a emoção ganhará cor, forma e, em alguns casos, até cheiro.

— E o que eu faço depois?

— Misture tudo em uma panela de barro até virar uma poção. Por fim, costumo colocar em um frasco de perfume e borrifar.

Melina entendeu tudo e foi consumida por um desejo enorme de fazer a poção. Ela se zangou por não ter o nível de magia necessário para aquilo, mas, depois de se despedir da tia, resolveu se desafiar. Suas primeiras tentativas foram falhas, e a pulseira não parecia compatível com a energia necessária para transformar um frasco comum de vidro em um frasco mágico de capturar emoções.

— Absurdo! — Melina reclamou. — Eu não aceito ter um nível baixo de energia mágica!

Suas três pelúcias tentaram ajudar. Mardoqueu e os outros traziam da cozinha potes limpos e sequinhos. Melina pensava na emoção e sacudia o pote de vidro. Sua pulseira brilhava e cada tentativa terminava em uma grande falha.

— E se você não puder mesmo fazer isso? — cogitou Tivam.

— Eu não sou fraca. Preciso ajudar o menino-brigadeiro.

— Por que não ordena que o pote pegue a emoção que você deseja? — sugeriu o tigre. — Afinal, você vive mandando na gente.

As outras pelúcias concordaram. Melina decidiu tentar: sacudiu sua pulseira, passou a mão por cima do pote de vidro e ordenou:

— Capture a emoção de um péssimo mentiroso!

Em resposta, o pote entortou, esverdeou e, por fim, ficou fino.

— Você conseguiu! — Comemoraram as pelúcias, saltando de alegria ao redor dela.

Melina se surpreendeu com sua capacidade. A mentira, de cor borgonha, era dura e preencheu o pote mágico. Já a vergonha era laranja e sem muito cheiro: parecia com minhocas fazendo nó no corpo. As duas emoções haviam saído de Avani, que certa vez mentira para o avô e fora encontrar alguém na rua. Ao ser descoberta, ficara com vergonha.

No quarto, sozinha, Melina criou sua poção.

— Falta colocar tudo em um pote de perfume.

Ela esmagou a mentira com cuidado. Sua mãe não gostaria nada de encontrar pitadas de mentira embaixo de algum móvel. A parte mais fácil foi pegar uma teia das Aranhas do Fixo, que agora ela conseguia ver com facilidade. Empolgada, Melina contou tudo para Avani, que não acreditou na irmã mais nova e revelou a ela a dificuldade daquela tarefa.

Por fim, restava colocar todo aquele líquido em um potinho de perfume. Melina estava tão ansiosa para terminar que nem mesmo pensou em pegar um funil. Ela estava de joelhos despejando a poção no frasco quando a porta de seu quarto se abriu. Assustada, a menina derramou parte do líquido sobre o próprio rosto.

Seu avô, seu pai e sua irmã a encararam nada contentes.

5. JULGAMENTO

Dentro de cada criança talvez haja um grão de cada sentimento. Quando misturados, esses grãos geram uma só emoção de cada vez. Por isso, as crianças tendem a ser mais sinceras que os adultos. Tio Cosmo, contudo, não conseguia se adaptar a isso. Ele tinha o dever de cuidar dos seres incríveis. Afinal, quando havia uma árvore bicentenária no quintal de casa, era comum que seres mágicos ficassem por perto.

Os Ticos viviam embaixo da casa, no solo. Peludos, com unhas grandes e olhos enormes, eles eram ótimos escavadores. Eram sempre os primeiros a encontrar criaturas mágicas desabrigadas e portais mágicos em árvores antigas. Ticos se alimentavam de tudo que fosse saboroso ou cheiroso. Quando Cosmo esquecia de alimentá-los, eles comiam tudo ao redor, como as roupas do varal.

Além dos Ticos, ele cuidava dos Leves, criaturinhas aladas que pareciam feitas de dentes-de-leão, costumavam morar no teto da casa. Tudo acima da cabeça deles parecia uma plantação de dentes-de-leão.

Certo dia, Melina fora flagrada pelo tio com dois Leves amarrados em seus pés e braços. Com alguns deles ela conseguira planar. Se usasse muitos, conseguiria até erguer um avião. Melina planara até a prateleira onde estava a bebida de arrotos mágicos. Teria conseguido pegar uma garrafa, mas seu tio aparecera.

— Planeja beber isso sozinha, Melina? — Ele a ajudara a descer ao chão.

— Desde que Hugo ficou preso no quadro, ninguém bebe mais.

— Não há nada a se brindar.

Cosmo desamarrara os Leves presos nos pés dela.

— Por que não se casa, tio? Assim teremos comemoração.

— Não quero ter filhos. De criança na minha vida basta você. Sozinho eu posso viver muito mais.

— Meu pai é feliz e tem filhos.

— Seu pai é o líder da família. A tarefa dele é levar para frente o legado dos Crível.

Os Leves enfim saíram livres dos tênis e dos braços de Melina.

— E qual é a sua tarefa, tio?

Cosmo rira.

— Minha tarefa hoje é impedir que você apronte.

— Chato!

— Um dia você vai entender. — O tio tinha perdido o humor.

Cada um na casa tinha um dever: a vovó cuidava dos grãos e das plantas; nenhum Crível podia comer carne, então todo alimento vinha da terra mágica do quintal. Vovô ensinava Avani a cuidar das aranhas. Jonas e Abigail protegiam a árvore do quintal, e tio Cosmo olhava os seres incríveis — o mesmo trabalho que Hugo herdaria. Legado sempre foi importante para os Crível.

Tio Cosmo amava seus sobrinhos, mas detestava a infantilidade deles.

— Não se pode ter uma conversa decente com crianças — reclamava. — São egoístas, mimadas e tendem a usar berros e birras para conseguir o que querem.

Amava a sobrinha, mas queria que ela crescesse.

Melina era mesmo peralta, e Cosmo achara graça quando os pais da pequena descobriram o que ela tinha feito dias antes: levara para o colégio as três pelúcias e mostrara a Gaspar. Em seguida, animara as cadeiras na sala de aula, que trotaram como cavalos. Colocara um Leve para dormir dentro de sua mochila e só o acordara durante a saída do colégio. Melina fora parar no teto com a mochila nas costas e um bando de colegas a admirando.

Ela só descera quando tio Cosmo chegara e, tentando ser discreto, sacudira sua pulseira e a tirara de lá.

Mas o pior foi quando Melina acidentalmente derramou a Poção Perfume sobre o próprio rosto. Tio Cosmo riu quando a sobrinha foi levada para a sala. A reunião familiar estava pronta e Melina seria julgada. O tio observava sentado em uma poltrona que ficava ao lado do quadro de Hugo. Os pais se estapeavam andando sem parar e falando muito sobre o que deveriam fazer quanto às artes de Melina. Preso no quadro, Hugo achou aquele um momento oportuno para apaziguar seu lado.

— Eu pelo menos não fiz essa burrice...

— Cala a boca, Hugo — advertiu Avani. Estava irritada por Melina ter mexido em suas aranhas.

Tio Cosmo ria. As bochechas e o nariz de Melina estavam vermelhos desde que o pai tinha perguntado se ela estava usando a magia para aprontar.

— Ela vai ficar assim para sempre? — A mãe checava a filha, aflita.

Melina tratou de explicar:

— Não fico assim para sempre. Caso eu fale a verdade, o cheiro do perfume desaparece. Agora mesmo, tudo o que disse foi verdade — falou toda confiante. Suas bochechas e seu nariz deixaram de ficar vermelhos.

Pela forma como falava, não estava arrependida. Mas a essa altura já admitia que, se aprontasse demais, o rosto voltaria a ficar vermelho.

— O que uma criança sabe de energia mágica? — reclamou Avani. — Ela não deveria ter uma pulseira até crescer mais. É extraordinário que uma menina consiga mexer com tanta energia mágica.

Cosmo interrompeu a sobrinha. Tinha uma dúvida mais importante:

— Quem te ensinou a fazer algo tão poderoso?

— Não importa — a vovó opinou. — Ela conseguiu fazer tudo sozinha, e é isso que devemos levar em consideração.

O avô acrescentou:

— Demorou tantos anos para Avani ver as aranhas... E em pouco tempo a Melina demostrou ser mais Crível do que imaginei. Ela é mais magnífica que qualquer criança de sua idade, e eu deveria ter sentido sua magia há mais tempo. — O avô se levantou do sofá. Por respeito, todos se aquietaram para ouvir o patriarca: — Estou ficando muito lento para esse tipo de coisa. Ainda assim, tudo o que Melina fez mostra o tamanho de sua energia. Controlar isso é necessário... Melina deve ser treinada por Constanza. Nossa menina é herdeira do dom da tia.

Depois que o avô terminou de falar, Jonas percebeu que, como líder, deveria ter agido como fizera seu pai. A pequena seria treinada para se tornar uma Crível responsável.

— Então não vão punir a Melina? — reclamava Hugo. — Ela apronta e não termina na pior? Ela deveria ser transformada, como eu fui.

— Melina não tem o mesmo nível de energia que você, Hugo! — disparou o avô, descontente.

— Então eu também quero ir morar com tia Constanza. — O jovem já estava entediado depois de anos na mesma parede.

— Você pode cuidar de Melina — considerou Jonas.

Abigail apoiou a ideia; pelo menos estariam juntos.

— Cosmo irá cuidar de Melina — disse vovô.

A ordem do patriarca pegou Cosmo de surpresa.

— Eu? Constanza é responsável sozinha.

— Você vai junto e pode levar Hugo também. — O avô terminou a reunião familiar com essas palavras.

Melina chegou a sugerir que sua viagem fosse comemorada com a bebida de arrotos mágicos, mas ninguém concordou com isso.

6. TIA CONSTANZA

Melina viajou com Cosmo e com Hugo – que reclamou demais, mesmo tendo todo o banco de trás do carro só para seu quadro. Ele não gostou de não ter ficado na frente.

– Não há nenhuma lógica em colocar você na frente – defendeu-se Cosmo.

Já bastava Melina reclamando sobre suas três pelúcias falantes terem ficado no bagageiro. Além disso, ela não queria estar viajando para tão longe de seus amigos, e agora se arrependia de ter aceitado ir.

– Por que tenho que ir morar com tia Constanza? – Melina voltou a perguntar.

– Porque...

Cosmo pensava em como responder, mas a verdade é que ele queria apenas o silêncio. Hugo resolveu se meter porque estava muito entediado.

– Tia Constanza herdou a energia do vovô. Depois dele, é a mais forte da família.

– Seu pai herdou a liderança, mas Hugo tem razão – confirmou Cosmo. – Constanza herdou a energia mágica do papai.

– Então dividimos a mesma energia? – Melina perguntou, animada

— Melina, você tirou a sorte grande e é burra demais para perceber — resmungou Hugo. Cosmo pediu que ele controlasse o nervosismo.

Depois de horas de viagem, Melina pegou no sono, e Hugo ficou chateado porque ele não podia dormir. Tio Cosmo se controlou para não se irritar. Resolveu manter o silêncio, o que deixou Hugo ainda mais irritado. Melina, por sua vez, só acordou quando Cosmo a cutucou de leve.

— Chegamos!

Ela tirou o cinto de segurança, bocejou sem muita vontade e abriu a porta do carro.

Tio Cosmo carregou a pintura de Hugo em direção à casa de tia Constanza. O lugar tinha muro baixo, grades antigas e uma frente pequena e gramada. Parecia uma velha casa mal-assombrada. Cosmo comentou que a casa havia passado por reformas, o que não parecia visível: tudo estava tão malcuidado que mais parecia estar passando por uma decomposição: a casa era de fato muito antiga.

Melina teve a impressão de que as grandes janelas laterais eram olhos atentos que espiavam a tudo do lado de fora. A porta velha ficava no meio das janelas, sobre alguns degraus, e a menina achou que ali pudesse ser a boca da casa.

Hugo queria falar, mas não podia: estavam na rua e não era apropriado um quadro falar em público.

— Ela está em casa? — Melina ficou curiosa porque eles ainda estavam esperando do lado de fora.

Cosmo pôs de lado o quadro de Hugo e bateu palmas.

— Avise a Constanza que chegamos! — gritou ele na frente do portãozinho de ferro.

Demorou um pouco, até que a porta se abriu sozinha. Em seguida, surgiu uma cabeça com um coque; depois o corpo todo saiu de trás da porta, descendo os degraus. Era uma senhora magra, que se parecia com Cosmo, exceto pela pele mais pálida e pelos olhos menores.

— Tia! — exclamou Melina.

Constanza correu para abrir o portão.

— O que esse povo todo faz aqui? — ela perguntou para Cosmo.

— Papai não contou?

Constanza deu de ombros, convidando todos para entrar.

Ela se parecia bastante com o pai de Melina; na verdade, os três irmãos se pareciam, ainda que Cosmo fosse tido por muitos como o mais bonito.

— Vamos entrando.

Ao passar pelo portão da casa, Melina se sentiu adentrando em um terreno mágico e poderoso.

— O que há com esta casa? — Ela cutucou Cosmo.

— Estamos em terras encantadas. É domínio de um monstro.

Melina percebia na grama umas criaturinhas pequenas que saltavam feito pulgas, brilhavam como estrelas e eram brancas como algodão.

— São mágicas?

— Sim, são Gotas de Tempo. Todo o lugar é cercado por isso. Só consegue ver quem está deste lado. É como o telhado da casa... Parece comum em um primeiro olhar, mas lá dentro você verá que não é.

Cosmo passou pela porta da frente com a ajuda de Constanza, que segurou o quadro de Hugo para ajudar o irmão. Melina, por sua vez, ainda admirava as criaturinhas pulando. Tentou pegar uma, mas sentiu uma hora da vida desaparecer.

— Não mexa nisso — advertiu tia Constanza. — Quer perder tempo?

— Eles me roubaram uma hora de vida — Melina não tinha certeza de como sabia aquilo. — Senti o tempo exato em que o relógio passou dentro de mim.

— Não se preocupe. O que se foi não pode voltar, então não mexa com o tempo. Afinal, é sempre perda de tempo se concentrar tanto nele.

— Quero minha hora de vida de volta.

Resmungona, ela já ia sacudir sua pulseira quando a tia segurou seu braço.

— O tempo perdido não pode ser recuperado. No entanto, em alguns casos mais mágicos, seus filhos podem fazer isso.

— Como posso vir aqui fora sem ser tocada pelo tempo?

— Ignorando e vivendo. Tenho feito isso desde sempre, e aqui estou: despreocupada.

Constanza puxou a sobrinha para dentro. Quando a porta se fechou, Melina viu a maçaneta rosnar de raiva, mostrando dentes de ferro.

— A maçaneta tem presas? — Melina jamais tinha visto aquilo em todo o tempo de sua vida crível.

— Sim. A porta e a casa inteira são como um enorme animal. Nós chamamos de Casa-Monstro. A grama lá fora é como seus pelos; o tempo, sua pulga; e o teto, suas escamas.

Constanza foi até a cozinha e voltou segurando uma chave de fenda que jogou para a maçaneta da porta da frente. O objeto foi agarrado no ar por uma boca cheia de dentes de ferro.

— Quando está com fome ela rosna. Mas basta dar algum ferro. Nunca deixe a Casa-Monstro com fome. É a regra número um — tia Constanza falou, limpando as mãos uma na outra. Estava pronta para mostrar o resto.

— Essa casa é um monstro milenar. Você não poderia ter cuidado melhor de seu interior? — Cosmo passou a mão pelo corrimão da escada, tirando uma camada poeira. Sua irmã resolveu nem comentar: tudo estava imundo mesmo. Para piorar, uma gosma de catarro pingou do telhado.

— A Casa-Monstro está resfriada — explicou Constanza. Para Cosmo aquilo já era demais. — Vamos tratar de limpar tudo antes que a casa solte um espirro mágico e nos leve para outra época. Da última vez que ela espirrou, éramos adolescentes; fomos parar no ano de 1920. Foi muito constrangedor não saber dançar *charleston*.

Tio Cosmo arregaçou as mangas e foi à cozinha atrás do que pudesse ser útil em uma faxina, mas não encontrou nada. Tudo estava bagunçado demais para achar qualquer coisa.

Melina continuou olhando a casa. Correu pelo corrimão e contou no corredor do andar de cima os quartos e o banheiro. Depois desceu de novo, porque queria muito entender a pintura da parede da sala de estar. Era o fundo do mar pintado em detalhes: algas, peixes, pedrinhas... Mas os peixes se moviam e chegavam a fazer a água respingar para fora do quadro.

— É como um aquário pintado! — Melina correu e tocou a parede. Sua mão afundou na água, mas Constanza a puxou para fora rapidamente.

— Não ponha a mão aí — a tia falou com sua voz grave enquanto enxugava a mão molhada da sobrinha.

— Por que não?

— Há um monstro marinho vivendo aí dentro. Imagine se ele te engole...

— Um monstro dentro de outro? — Melina perguntou. — A casa já não é um monstro?

— A Casa-Monstro tem muitas outras criaturas dentro de si. — Constanza ficou de olho na sobrinha. Não podia arriscar que Melina aprontasse algo novamente.

Cosmo, por sua vez, estava extasiado em ver seu velho lar. Admirava com atenção todas as velharias do lugar.

— Os besouros de fogo ainda esquentam a casa, mesmo em meio a toda essa poeira... — observou.

O recinto não tinha energia elétrica, internet ou itens mais modernos. A única exceção era um velho telefone que ficava na parede da cozinha. Diferente dos normais, não tinha fio, mas podia levar qualquer mensagem a qualquer lugar. Bastava falar com ele para que uma pequena e fina fitinha fosse gerada. Ela dançava pelo ar até parar na mente do destinatário. Por isso algumas pessoas ouviam a voz de seus amigos e familiares na mente: era a fita levando o recado.

O telefone mágico ainda fazia ligações normais, mas considerava isso muito sem graça. Ficava abatido por vários dias e deixava de enviar mensagens. Como ninguém na casa o usava muito, passava dias e dias roncando.

A luz de toda a casa vinha da batida de asas de besouros pequenos que mais pareciam brasas acesas. Quando batiam suas asas, o fogo tomava seus pequenos corpos e iluminava cada cômodo.

— Ainda mantenho tudo da nossa infância — Constanza falou, orgulhosa. Foi dar atenção a Cosmo, que soprava o fogo de um dos besouros.

— Eles são treinados com muito esforço — ele comentou com Melina.

— Não é assim lá em casa — disse a pequena, um tanto decepcionada.

— É por causa da sua mãe. Ela tem medo da Casa-Monstro — tia Constanza falou baixinho, pois não queria ferir os sentimentos da residência.

— Shh! — Cosmo advertiu a irmã. Não era gentil falar mal da mãe de Melina.

— Em todo caso, se o papai mandou Melina, é porque ela deve ser bem mais Crível que os demais — Constanza comentou enquanto observava a sobrinha.

— Ela é só um tanto mais mágica que a gente. E isso não a faz mais ou menos Crível — resmungou Hugo. — Ela é apenas sortuda.

— Então o quadro está vivo? — Constanza ainda não tinha visto o sobrinho.

Melina contou para a tia a história de seu irmão. Volta e meia parava para olhar ao redor: a casa era mesmo um monstro, e Melina teve até que desviar de um pingo de catarro que caiu do telhado novamente.

Hugo fez uma bela pose para ser observado pela tia, porém terminou zangado pelo comentário dela ao perceber que a energia dele não condizia em nada com a mágica poderosa daquela pintura.

— O quadro é bem forte, não me arrisco a tentar quebrar esse encanto... — falava ao observar Hugo. — A menina tem mais energia que o garoto, e deve ser a única que pode trazê-lo de volta.

Constanza podia sentir o dom de Melina. Não tinha dúvidas de que a menina era herdeira da mesma energia mágica que ela.

7. POÇÃO PERFUME

Melina recebeu um quarto no andar de cima, também iluminado pelos besouros de luz. O lugar não havia sido feito para receber uma criança, e possuía apenas uma cama, uma cômoda e uma escrivaninha antiga de madeira — que ela usaria nos estudos das Poções Perfume.

— Para que devo aprender isso? — Melina tirou suas três pelúcias de dentro da mala. — Eu já fiz uma poção antes!

— Está muito escuro aqui. — Tivam não gostou da iluminação do quarto.

— São os besouros de luz. Aqui só há três deles... — constatou Melina.

Um dos besouros ficava ao lado da cama de madeira, outro ficava no teto escamado e outro em cima da cômoda.

— E toda essa poeira? — reclamou Mardoqueu.

— Há livros aqui como os que sua mãe lia para você antes de dormir? — perguntou Conde, que amava ler.

— O que importa mesmo é como vamos encontrar ursinhas... — disse Mardoqueu.

— Amanhã pensamos nisso tudo — Melina comentou.

Ela não entendia se era a luz fraca dos besouros ou a viagem, mas estava cansada demais para ficar acordada por mais tempo. Nem tomou banho, sacudiu a poeira da cama velha e caiu no sono.

No dia seguinte, acordou ao som do fuxico das três pelúcias na cabeceira da cama.

– Do que vocês estão falando? – perguntou limpando os olhinhos despertos.

– Os besouros saíram assim que o sol nasceu – contou Conde. – Estão na janela com as asas fechadas e parecem mortos.

– Posso comê-los? – questionou Tivam.

Melina levantou e foi até a janela para ver de perto os besouros. Eles pareciam carvão e em nada lembravam as chamas da noite anterior.

– Bom dia! – Tia Constanza entrou no quarto. A porta abriu com um rangido, e Melina precisou cobrir o nariz diante da poeira que subiu. A garota respondeu com um espirro. Constanza continuou: – A Casa-Monstro preparou esse rugido de onça para você. O que acha?

Melina desaprovou a ideia. Sempre acordava cedo. Ela apontou para os besouros na janela.

– O que houve com eles?

– Tomam sol de dia enquanto dormem como pedras. De noite, cheios de energia, voltam a iluminar a casa – a tia informou rapidamente, puxando a sobrinha para fora do quarto.

No andar de cima havia um comprido corredor e cerca de cinco quartos, além do banheiro. Nas escadas, Melina deu de cara com o quadro do irmão.

– Isso é hora de acordar? – resmungou Hugo. Ele odiou ser colocado ali; preferia a parede da sala.

Cosmo também estava acordado, e Melina o saudou na cozinha.

— Levantou cedo — disse tio Cosmo.

O tio entregou a ela algumas frutas colhidas no quintal. Ele parecia bem mais contente do que costumava ser; estava mais que disposto a limpar aquela casa velha.

A cozinha tinha uma mesa velha de madeira, algumas cadeiras antigas, um fogão a lenha e uma bancada repleta de vasilhas de vidro de todos os formatos, tamanhos e cores.

— Aqui vamos aprender a fazer as poções — disse Constanza. Ela ajeitou o coque na cabeça e apontou para sua bancada bagunçada: era o lugar mais limpo da casa. O sol entrava pela enorme janela da cozinha e se refletia nos vidros, colorindo tudo ao redor. — Preciso saber o seu nível mágico... — Constanza mexia em uma das garrafas.

— Que árvore tem no quintal? — Quis saber Melina.

Com toda a certeza havia uma árvore protegendo algum portal nos fundos.

— O coração da Casa-Monstro é de pau-brasil. Ele não deve ser tocado — respondeu Cosmo com a boca cheia de goiaba.

Melina se aproximou da porta dos fundos e viu o enorme quintal cheio de árvores, tão extenso que parecia infinito.

— Passou alguém correndo — constatou Melina.

— Não se importe com isso. — Cosmo a puxou de leve para retomar sua atenção.

— O que era aquilo lá fora?

— Não se incomode, são apenas intrusos.

— Intrusos?

— Vivem no quintal e aparecem às vezes, mas são pacíficos.

Constanza tomou a palavra quando uma gosma de catarro caiu do teto perto de Melina. A tia contou que as poções eram a essência que ela mais usava sua energia mágica.

— Eu já sei usar as Poções Perfume — contou Melina, saindo de perto da gosma de catarro que caíra do seu lado. — Até já fiz uma.

— Eu soube disso pelo Hugo. Ele me disse que você é como Pinóquio: está encantada pela mentira.

— Hugo virou uma pintura fofoqueira — reclamou Melina com raiva.

Constanza continuou o assunto:

— Você precisa aprender, e eu estou aqui para ensinar. Há muitas outras poções que podemos fazer. Você acha mesmo que não precisa de mim? — Melina disse que não, mas suas bochechas e nariz ficaram vermelhos; Constanza riu. — Encontrei uma mentirosa! — Apontou para o rosto da sobrinha, que tentou tapar as bochechas e o nariz com as mãos.

— Se você não fosse tão inquieta, não precisaria ter saído de perto dos seus pais, Melina — Cosmo comentou.

Ele varria o chão com uma vassoura feita de ossos e tentáculos que espirravam fumaça. As gotas de catarro começavam a sumir conforme a fumaça aumentava. Melina não via muito sentido naquilo, mas achou interessante.

Tia Constanza, por sua vez, comentou como fazia as Poções Perfume:

— Para prepararmos as poções, pegamos os Grãos do Só e misturamos a aromas humanos. Às vezes usamos também as teias das Aranhas do Fixo. São esses os ingredientes que mais uso. — Constanza pegou um pouco do Grão do Só Chorar e do Grão do Só Aprender. Disse que não usaria a Teia do Fixo. — Queremos uma poção de efeito momentâneo. — Ela misturou com uma emoção humana de euforia juvenil.

Melina não disse nada, apenas observou a preparação em silêncio.

— A euforia está bem presa na garrafa. — Constanza ainda deu umas palmadas no fundo da garrafa, e gritos altos de alegria escorreram na tigela na qual já havia os demais ingredientes. Depois misturou tudo com o Grão do Só Aprender, que tinha um cheiro forte de livro novo. Uma fumaça amarelada saiu da mistura. — E o aroma está quase pronto.

A fumaça amarela adquiriu um aroma suave. Constanza sacudiu sua pulseira com o brasão dos Crível, e um brilho intenso fez a mistura ganhar vida.

— Está pronto? — Melina perguntou, observando tudo.

— Sim. Agora coloco em um frasco pequeno. Em pouca quantidade, para não afetar o coração de quem borrifar em si mesmo.

Tia Constanza despejou tudo em um potinho pequeno.

— O que acontece agora? — Melina estava animada.

— Eu vou vender esse perfume para alguém que precise desabafar. A pessoa que borrifar isso em si mesma vai chorar e despejar todas as lágrimas, desabafando tudo com euforia. Depois que o cheiro do perfume se for, ela ficará aliviada e vai aprender com isso.

— Uau! A senhora é muito boa mesmo. — Melina aplaudiu, contente. — Por que não comemoramos isso tudo com uma bebida de arroto?

Ela tinha que tentar. Talvez a tia tivesse a bebida em casa.

— Não bebo mais isso — falou Constanza. — Faz anos que o meu arroto ficou sem forma; as figuras saem sem graça.

— Pode ser que agora saia legal, se a senhora beber — insistiu Melina.

— Não preciso.

Mais uma vez Melina ficou sem sua tão sonhada bebida.

8. CRESCEU

O tempo passou na casa de tia Constanza. Para a alegria de Cosmo, Melina cresceu.

O cabelo, que não a incomodava quando era pequena, agora a deixava furiosa; era cheio e longo, e levava horas para ser arrumado.

— Você saía com os cabelos bagunçados quando era pequena — comentou Tivam.

— Não sou mais criança — reclamou, sacudindo o cabelo. Depois de resmungar, voltou a arrumar o penteado.

As três pelúcias olhavam com tédio enquanto a menina se arrumava. Havia um espelho mágico na parede, que ela mesma havia colocado lá logo que começou a querer se arrumar sozinha. O espelho podia refletir imagens desde a época em que havia sido colocado na parede até os dias atuais. Era como um porta-retratos de imagens, e Melina adorava rever algumas. Nas figuras mais recentes, porém, achava-se feia.

Enquanto Melina se arrumava, Constanza abriu a porta com a velocidade costumeira. A Casa-Monstro balançou, pois sentia cócegas quando alguém batia a porta muito forte, caía no chão ou se recostava na parede.

— Bom dia — disse Melina. — Precisa de algo, tia?

No dia anterior, Constanza havia dito que daria uma tarefa à sobrinha.

— Leve um frasco para o colégio e me traga o aroma de sorriso dos adolescentes. Não deixe o pote pegar o cheiro errado.

Melina faria isso. Depois de muito esforço, preferiu deixar os cabelos soltos. Eles podiam dar trabalho, mas combinavam muito bem com seu rosto. Assim que ficou pronta, desceu as escadas sem nem ouvir o irmão, que reclamava na parede porque fazia dias que ela não lhe dava atenção.

Correndo para a cozinha, cumprimentou a porta da frente, que deu um leve arroto com cheiro de ferrugem. Havia sido alimentada bem cedo por Cosmo, que tinha também limpado toda a casa. Ele adorava organização, e nada ficava fora do lugar desde que ele tomara a frente dessa tarefa.

Cosmo entregou à sobrinha um melão recém-colhido. Melina tomou o café da manhã e levantou agradecendo. Viu pela janela da cozinha uma criatura peluda correr em direção à árvore de pau-brasil.

— Lá está um intruso de novo. — Ela apontou para a janela. Podia contar todas as vezes que os vira.

— Esqueça eles. Vá para o colégio e me traga os aromas — Constanza lembrou novamente.

Fazia três meses que Melina estudava na nova escola. Constanza a transferira porque ela começara a sofrer preconceito por parte de alguns colegas do colégio antigo. Ser um Pinóquio deixara Melina em situação difícil por muito tempo.

Ela chegou um pouco antes do horário da aula, sentou-se perto da porta, atrás de Alice — a única das colegas que não a achava estranha. Alice quase nunca era vista de cabelo solto ou usando saia, e, como não fazia perguntas, deixava Melina confortável para não acabar mentindo.

— Levei um fora... — A colega estava bem triste naquela manhã e Melina sabia o motivo.

— Logo melhora.

Alice teria que superar o fora do garoto mais doce do colégio, e que Melina chamava de brigadeiro: Gaspar. Ela tinha concluído que brigadeiros deixavam um rastro doce que fazia todo mundo parar para apreciar. Gaspar estava de volta à sua vida.

Ele reconhecera Melina quando a vira. Ela tivera medo, pois o garoto sabia sobre sua energia e poderia revelar aos outros. Apesar disso, ele parecia disposto a conversar. Melina odiava a ideia de estar perto do maior motivo de estar longe dos pais: culpava Gaspar por tudo, ainda que ele só tivesse comentado que precisava de alguns favores.

— Ele foi muito grosso contigo, Alice?

Melina não tinha celular e a conversa com a amiga era sempre na escola. Um aparelho daqueles era necessário, mas tia Constanza não fazia questão de dar à sobrinha. Achava algo muito comum e nada incrível; além disso, elas já tinham o telefone mágico.

— Ele me rejeitou quando fui vê-lo... Agiu como se eu nem fosse importante — falou Alice quase chorando. — E quando tomei a iniciativa, ele falou de forma fria que não tinha interesse em mim.

Melina não queria deixar a amiga sozinha, mas a aula ia começar e o professor já era visto perto da sala. Se houvesse por ali uma pétala da Flor do Tempo Presente, que era cultivada no quintal de sua casa, ela poderia moer, congelar e, com a energia gerada, conseguiria parar o tempo para sua amiga desabafar.

Como isso não era possível, ela e Alice voltaram para a sala antes do início da aula. Melina achou muito triste a situação da colega. Fazia dias que Alice falava sem parar de Gaspar, que parecia não ligar muito para quem se importava ou deixava de se importar com ele. Não estava nem aí para ninguém.

Gaspar era um brigadeiro apreciado, o rei dos doces da festa. Ele tinha que chamar a atenção de todos, ser desejado, fazer a boca salivar. Cativava muitos olhares. Melina sabia que algumas meninas tinham interesse nele.

Demorou um tempo para Alice voltar à sala. Melina tomou suas dores e, durante o intervalo, foi atrás de Gaspar. Ao vê-lo de longe, ela resolveu se afastar e voltou para a aula. Lá, tirou o frasco de vidro verde da mochila.

— O que é isso? — perguntou Alice.

— Vou catar aromas — respondeu Melina sem dar mais detalhes.

Alice a deixou em paz. Todo mundo achava Melina estranha, mas ela não ia debater quanto a isso, até porque sabia que a tia dela era uma perfumista famosa na cidade. Talvez a colega estivesse aprendendo o ofício. Minutos depois, Melina voltou com o frasco cheio. Dentro dele, bolinhas de cor lilás se moviam.

— O que você colocou aí dentro? — Alice teve que se levantar da cadeira em que estava para perguntar.

— Nada de mais, apenas um aroma sorridente de uma juventude apaixonada por brigadeiro — explicou, contente, mesmo que Alice não tivesse entendido nada.

9. SORRISOS ADOLESCENTES

Constanza estava alimentando os peixes que viviam no mar pintado na parede da sala. O ambiente possuía apenas um sofá antigo e uma mesa de centro. Constanza pegava alguns pincéis e os lançava na parede. Os peixes se amontoavam para apanhar. Algumas gotas de água caíam na sala, sujando tudo de tinta azul.

Os peixes adoravam comer pincel, principalmente os de cerdas *gris*, os mais disputados.

— Que barulho é esse? — Hugo perguntou, mas logo se esqueceu quando Melina entrou pela porta e alisou a maçaneta, que ronronou para ela como um gato feliz.

— Até quando vou ficar nesta parede? — reclamou Hugo, batendo a própria cabeça contra a tela e espirrando tinta. — Estou entediado. Coloque-me em outro lugar! — Melina sacudiu sua pulseira e fez a tinta desaparecer do chão. Não queria que seu tio se zangasse com a bagunça. — Faz anos que vejo você aperfeiçoar sua energia. — O retrato estava quase chorando. — Eu não terei progresso enquanto não sair daqui.

Melina ainda mexeu na tinta do quadro e desenhou no ar uma imagem. Um cachorro da raça Griffon Barbudo apareceu do lado de Hugo.

— É uma raça em extinção e tipicamente brasileira. Acho que você pode fazer uma boa amizade com ele.

Hugo sorriu ao conhecer o amigo de pelo arrepiado. O Griffon Barbudo cumprimentou Hugo com uma lambida carinhosa em seu rosto de tinta.

— Como conseguiu pintá-lo sem um pincel mágico?

Hugo estava feliz e curioso com a evolução da energia da irmã.

— Eu não preciso do pincel — respondeu para a tela dele.

Cosmo veio da cozinha e ouviu parte da conversa. Tratou de explicar:

— Ela não tem o mesmo nível de energia que nós.

Hugo ainda queria saber quando poderia sair do quadro.

— Melina não pode me ajudar?

O tio sacudiu a cabeça.

— Quebrar o encanto de outra pessoa não é fácil. Se ela errar, você pode sair pela metade. Ou ela pode acabar presa aí também.

Constanza resolveu se meter na conversa:

— Melina é a única com energia suficiente para te tirar desse quadro velho.

Hugo ficou calado depois disso. Estava mais calmo depois que o Griffon Barbudo fora pintado do seu lado.

Tio Cosmo gostou do novo amigo de Hugo.

— Ainda não sei que nome dar a ele. Talvez... Como ele tem um pelo arrepiado e essa barbinha na cara...

— Por que não chama de Barbudo? — Melina deu uma boa ideia.

— Será Barbudo, então.

Depois disso, Constanza resolveu perguntar a Melina sobre o aroma de sorriso adolescente.

— As garotas estavam sorrindo muito, acabei enchendo o frasco — explicou a sobrinha.

Melina tirou da mochila o frasco cheio de bolinhas lilás.

— Está abarrotado mesmo! — Constanza se animou.

Enquanto seguia a tia até o balcão da cozinha, Melina explicou como conseguiu aquele tanto de sorriso.

— Vou preparar agora e você leva para mim.

— Que tipo de aroma será?

Ela estava perto do balcão vendo a tia ir a uma prateleira cheia de frascos de vidro.

— Misturarei um pouco desse aroma de sorriso adolescente com um Grão do Só Aprender. Você pode pegar lá no meu quarto um pouco de teia das Aranhas do Fixo e trazer para cá? — Constanza misturava os ingredientes que já tinha em mãos.

Pegou o frasco com os sorrisos de adolescente, tirou a rolha e despejou as bolhas lilás em uma panela de barro. Quando ela começou a estourar as bolinhas, a cozinha foi preenchida pelo som de risadas. Enquanto tia Constanza pegava o Grão do Só Aprender, Melina correu para o quarto da tia, abriu a porta devagar e deu de cara com as muitas teias de aranha. Sacudindo sua pulseira, fez surgir uma pequena adaga com cabo em forma de raiz e cortou uma das teias.

— Eu vou pegar só um pouco disso.

Melina cortava com calma, e o som de estalo forte era ouvido como se metais pesados estivessem em choque. Até saía faísca, como se ela estivesse soldando alguma coisa.

Cortadas as teias, estas se dissolveram na mão de Melina, virando o que parecia um pedaço de lã de aço. A garota desceu e entregou nas mãos da tia, que pôs a teia na panela. Um forte cheiro de morango tomou o ambiente.

— Sorriso de adolescente, Grão do Só Aprender e Teia do Fixo... Agora pegue uma pétala da Flor do Tempo Presente.

Melina correu para o quintal, onde tio Cosmo olhava sua plantação de Ticos. Eles possuíam rabinhos em forma de cipó e cresciam mais a cada dia. As flores do tempo eram divididas em três categorias: passado, presente e futuro. As do passado eram escuras e nebulosas; as do presente, tão coloridas como um arco-íris; e as do futuro, macias e brancas como algodão.

Todas as flores ficavam em um canteiro perto da árvore de pau-brasil. Melina teve cuidado para não se cortar, porque mesmo as flores podiam ser espinhosas às vezes.

10. ENTREGA

Uma Pétala do Tempo podia ser muito difícil de pegar para quem fosse ressentido. Melina a puxou com o cuidado redobrado para não deixar cair.

— Sua tia está mexendo com o tempo? — Cosmo perguntou enquanto Melina andava cuidadosamente com a pétala em mãos.

— Ela está fazendo uma Poção Perfume.

— Não gosto que ela mexa nas flores do tempo — resmungou o tio. Ele tirava ervas daninhas de sua plantação de Ticos.

Melina não respondeu. Seguiu até a cozinha e entregou à tia.

— Agora está perfeito! Sorriso adolescente, pétala do presente... Devo cortar a pétala, pegar um pedacinho e...

— Pelo que entendi, a senhora está fazendo uma poção que fará a pessoa aprender com o presente, sorrir como adolescente e fixar esse ensino na mente.

Tia Constanza concordou e, sacudindo devagar a pulseira, derramou brilho na mistura. Uma fumaça lilás com aroma de morango tomou a cozinha.

— Você deve levar isso para uma mulher que está fazendo aniversário. Ela anda se queixando um bocado da idade. Será bom que aprenda a fixar na mente as boas recordações do tempo presente.

— Sim! Não se esqueça de que a senhora disse que iria me ajudar a aperfeiçoar a transformação.

Melina estava aprendendo a se transformar em outras pessoas.

— Claro! Agora vá tomar banho e tirar essa farda da escola. Depois venha almoçar, porque ainda vai ter que entregar esse perfume hoje.

Tia Constanza colocou um pouco da Poção Perfume em um pote de vidro. Depois foi preparar algo para comer. Os besouros de luz que iluminavam a casa estavam no fogão a lenha, que não precisava de lenha porque os besouros o esquentavam.

— O que andou fazendo com as pétalas do presente? — Tio Cosmo entrou na cozinha quando Melina saiu para tomar banho.

— Apenas uma Poção Perfume.

Tia Constanza pegava alguns legumes para preparar a comida.

— Não gosto que mexa nas flores do tempo — disse Cosmo se aproximando. — Sabe que sou até contra elas estarem florescendo no quintal.

— Cosmo! Por favor, você não precisa se preocupar. Nada vai acontecer de diferente em relação ao tempo; tudo continua sempre igual.

— Espero que tenha razão.

Ele achava perigoso o uso de certos ingredientes nas receitas das Poções Perfume, mas Constanza tinha energia suficiente para usar todos eles. Melina subiu as escadas. Hugo brincava com Barbudo, o cachorrinho, e nem viu a irmã subir.

— Pretende sair? — perguntou Tivam quando Melina entrou no quarto.

— Vou almoçar e ainda tenho que levar um perfume para uma mulher que está fazendo aniversário.

— Podemos ir junto?

— Não!

Melina não podia ficar saindo com pelúcias falantes por aí. Já era vergonhoso demais ter que se controlar para não mentir.

O almoço foi lasanha de cenoura e abobrinha.

Eram quase duas da tarde quando Melina saiu de casa. Demorou porque fazia questão de mexer sem parar no penteado. Reclamou do cabelo, queixou-se de seu tamanho e de como era cheio. Terminou por sair com ele solto, como sempre. O lugar a que Melina precisava ir não era muito longe. Com muros altos e uma porta exuberante, aquela era a casa mais bonita do bairro inteiro.

Tocou a campainha. Um senhor gordinho abriu parecendo agoniado.

— Vim entregar o perfume da senhora Laila. — Melina estendeu a sacola.

— Pode entrar, ela está lá dentro. Não vou poder receber você porque estou atrasado, mas entre e logo os meus filhos descerão para pegar o perfume.

O senhor gritou pelos filhos.

Dentro da casa havia uma pequena área com alguns vasos de plantas. Na garagem, uma bicicleta velha estava encostada na parede. Melina se sentou no sofá e esperou o resultado dos gritos. A casa tinha o pé-direito alto e era bem iluminada. Ela logo notou que alguém olhava em sua direção.

— É o perfume? Meu pai me chamou para pegar.

Melina notou que aquela era Giovana, irmã do meio de Gaspar.

— Sim. Vim trazer o perfume. — A garota se pôs de pé e mostrou a sacola com o perfume.

Giovana desceu do mezanino. Era uma menina muito bonita. Lembrava Gaspar, embora não tivesse as belas sardinhas dele. Giovana pegou o frasquinho de perfume.

— Que pequeno! — Achou bem fofo o tamanho do frasco.

— Tem cheiro de morango e é um perfume único — Melina falou no tom de vendedora orgulhosa.

— A mamãe vai amar.

A menina já ia abrir o perfume para sentir o cheiro, mas Melina a impediu.

— Foi feito para uma pessoa só. Em especial para a senhora Laila.

— Que problema teria se eu usasse? — A advertência não a deixou muito feliz.

A pergunta não foi respondida por Melina, mas por uma voz de barítono agradável vinda do mezanino. Era Gaspar.

— Não seja brusca.

Ao lado dele havia um menino pequeno que ela achava já ter visto antes. Era uma criança de olhar travesso.

— Quem te chamou na conversa? — Giovana indagou, chateada, ao ser repreendida pelo irmão mais velho.

Gaspar apontou para ela, um pouco descontente. O menino pequeno caçoou da irmã, que entregou o frasco de perfume para Melina.

— Minha mãe não pode vir agora. — Gaspar desceu as escadas do mezanino.

— Ela está ocupada? — Melina perguntou, olhando para ele.

— Pode me entregar o perfume. Prometo que darei a ela e mais ninguém vai mexer — falou Gaspar com uma piscadela.

— Conhece essa menina? — Giovana percebeu que o irmão parecia bem à vontade.

Gaspar deu uma risada tranquila e comentou, relaxado:

— Eu a conheço, e se ela não me odiasse poderíamos ser amigos íntimos. Afinal, Melina sempre me contou tudo sobre ser uma Crível muito incrível e nada comum.

Ele esperou alguma reação da garota.

— Não sou sua amiga.

— Diz isso porque já não passa tanto tempo comigo. Devíamos sair mais vezes juntos. O que acha?

Gaspar estava bem animado em ter Melina ali, mas seu irmão caçula, não.

— Não faça amizade com essa menina de cabelo espinhoso. Todos da família Crível vivem na casa mal-assombrada!

Melina lembrou que aquele pequeno não se dava bem com o tio Cosmo. Teve que se controlar para não dar uma boa resposta. Percebendo o clima, Gaspar espantou os irmãos da sala. Pegou o perfume e acompanhou Melina até a porta da frente.

— Achei que não quisesse vir na minha casa, mas gostei de te ver — disse Gaspar antes de deixá-la sair.

— Só vim trazer o aroma que sua mãe encomendou.

— Não foi só para isso que você veio.

— O quê? — Melina viu interesse nos olhos dele.

— Já que está aqui, eu preciso de sua incrível energia mágica — disse Gaspar, sacudindo o pulso e imitando o gesto de Melina. Ele pediu que ela o seguisse até a garagem. — Será que pode consertar para mim? — perguntou, levantando a bicicleta que estava encostada na parede. — Não precisa deixar novinha, apenas boa para ser pedalada. Lembro que você fez isso quando a gente era criança. Em um balançar dessa pulseira, vi uma velha cadeira do colégio ficar novinha e sair trotando como cavalo. Foi divertido!

Ele recordava com animação. A Melina do presente se arrependia por ter sido tão descuidada quando criança.

— Vou tentar consertar... Isso requer que eu visualize a bicicleta nova, então vai demorar um pouquinho.

A pulseira brilhou e a menina passou a mão sobre a velha bicicleta, reciclando sua velha lataria. Depois de alguns minutos, estava toda novinha.

— Meu pai vai ficar surpreso quando vir isso — concluiu Gaspar, admirando a beleza da antiga bicicleta azul. Tinha garupa, carregava história e possuía um charme admirável.

— Agora eu vou embora — Melina deu a volta e ia sair de perto, quando Gaspar a impediu.

— Vai evitar conversar comigo? Logo agora que ia te chamar para dar uma volta nela comigo. — Apontou para a magrela.

— Sim para a pergunta e não para o convite.

Melina saiu da casa de Gaspar zangada, orgulhosa e chateada.

11. CONVERSA

Certa manhã, ao chegar à sala de aula, Melina ficou mais que surpresa quando Sofia parou bem na frente de sua cadeira. Ela era a versão feminina de Gaspar; Sofia era alta, magra e tinha o cabelo arrumadinho. Diante de Melina estava o doce de festa mais desejado e apreciado entre as comemorações dos meninos, a menina popular. De acordo com as fofocas, era também a namorada de Gaspar.

— Oi.

Sofia sorriu de forma angelical. Puxou a cadeira da frente e se sentou olhando para Melina.

— Oi. — O cumprimento de Melina não foi nada amigável. Foi um *oi* cheio de dúvida, desconfiança e estranhamento.

— O Gaspar fala muito de você. — Sofia começou a conversa, o que para Melina foi bem assustador, porque já tinha pedido para Gaspar não falar com ela no colégio.

— O que ele fala de mim? — Achava-se no direito de saber.

— Você sabe que eu e ele nunca namoramos? — Sofia perguntou, mexendo os belos cabelos para o lado.

— Não.

Como podia ser verdade? Os doces de festa mais almejados do colégio ficavam tão bem juntos. Era como se a perfeição tivesse dado a maior das festas, com todas as empadas, doces, canjiquinhas e cajuzinhos, tudo junto em um casal. Era delicioso e desejável, mas impossível de se alcançar, tamanho nível para meros mortais sem açúcar algum. O que todo mundo comentava é que o namoro dos dois havia durado poucos meses até derreter como doce na chuva.

— Gaspar é meu amigo, nos tornamos próximos, e infelizmente as pessoas não acreditam muito na nossa amizade. — Sofia parecia um pouco tímida e falava baixinho. Melina teve que se inclinar a fim de ouvir. — O Gaspar me disse que você poderia ser uma boa amiga também.

— Como é? — ela perguntou com um tom de voz um pouco mais alto. Sofia, envergonhada, pediu que ela não falasse gritando.

— Eu nunca tive uma amiga garota, todas as meninas parecem me odiar. E Gaspar me disse que você podia me ajudar; que contigo posso ter uma amizade eterna.

— Ele disse? — Melina ficou um pouco irritada, e iria atrás de Gaspar se o professor não tivesse chegado.

No intervalo, ela o chamou para conversar enquanto ele falava com alguns colegas na porta da sala.

Ele se despediu dos amigos e a seguiu até o jardim.

— Mandou Sofia ir me procurar?

— Fiz isso pensando em vocês duas — falou, tranquila.

— Por que justo ela?

— Quanto a isso... Sofia é muito insegura; ela não é bem-aceita por boa parte das meninas. Mas você é diferente do resto.

— Por que eu iria aceitar ajudar você e sua amiga?

Melina não conseguia imaginar como um cajuzinho como Sofia podia não ter amigos.

— Pode apostar que vai gostar, vocês duas se combinam. Sofia precisa de amigos. Não percebeu o quanto é sozinha? Além do mais, você também precisa de alguém.

— Não quero ser amiga dela, pois já tenho uma.

— Alice? Como eu disse antes, você precisa de uma amiga de verdade.

Ele era bem observador.

— Me recuso a ficar ouvindo você falar mal de Alice depois de tudo o que a fez passar.

Ela ia saindo de perto, mas Gaspar a puxou de volta sem muito esforço.

— Por que me odeia tanto?

— Por sua causa acabei aqui, longe de meus pais e como um Pinóquio. Nunca deveria ter confiado em uma pessoa comum.

— Se foi por isso, então deveria tentar me infernizar, não me evitar — Gaspar opinou, pensativo. Suportaria ser infernizado, mas odiava a ideia de ser evitado.

— Foi um grande erro o dia em que resolvi contar a você sobre mim — Melina retrucou baixinho para que mais ninguém pudesse ouvir.

— Sabe de uma coisa? Isso faz tanto tempo... E mesmo assim foi o melhor dia da minha vida. Nada parece mais divertido do que ter você por perto.

Havia um brilho feliz nos olhos dele; era um rapaz tranquilo e empolgado.

— Não tente me enganar para que eu te ajude. Foi por sua causa que preparei uma Poção Perfume contra a mentira e acabei derramando tudo em mim.

Ela não confiava nele. Na verdade, não confiava em ninguém.

— Melina, não pedi que você fizesse isso. Não lembra o que te falei no dia em que me contou seu segredo?

— Faz tanto tempo, mas lembro que me achou um pouco bruxa e disse algumas outras asneiras...

— Eu te contei um segredo. Foi sobre a mudança que provavelmente eu e minha família íamos fazer de novo. Quase sempre nos mudávamos, nunca ficamos em um canto só. Meus pais sempre acabavam mentindo sobre isso e foi por esse motivo que você fez a poção. Eu não pedi, você fez porque quis... No fundo, até gostei dos meus pais terem trocado de cidade. Se não fosse por isso, eu não teria te reencontrado.

— Mesmo assim, fiz a poção por causa de você. E me arrependo.

Quanto mais velhos, mais esquecemos as coisas de criança. Se não tentarmos relembrar dos momentos bons, isso nos impede de reaprender certos valores e de reacender certas emoções.

— Entendo que esteja brava. Afinal, deve ter passado muita coisa longe de seus pais. — Ele queria ser mais compreensivo com ela. — Mas eu posso ajudar; estou disposto a me reaproximar de você.

— Preciso ir agora — respondeu, saindo de perto dele. Para Gaspar, porém, aquela resposta desaforada, zangada e nada educada foi um *sim*. Ele era otimista demais para pensar diferente.

12. POÇÃO GOSTAR

Na volta para casa, Melina ouviu Alice se queixar por ela estar falando com a menina que provavelmente namorava Gaspar. Sofia, por sua vez, grudou em Melina feito cola e parecia mais contente que criança em um parquinho. Melina já tinha algo em mente, e, por mais que não pudesse contar para sua tia, ia fazer uma Poção Perfume do Gostar e jogar em Sofia. Planejava tirá-la de sua cola.

Quando Constanza saiu para entregar uma encomenda e Cosmo foi comprar suprimento para os Ticos, a casa ficou vazia e ela viu ali a sua chance.

As três pelúcias estavam na cozinha olhando a arteira menina fazer a poção.

Melina usou teia de Aranha do Fixo, Grão do Só Gostar e, para ter um pouco mais de intensidade, jogou uma quantidade maior do que era necessário. Pegou um pote onde se lia "Minúcias" e puxou uma tira pequena. A tira era cheia de detalhes minúsculos. Ela colocou na panela e misturou com os demais ingredientes, depois pegou a Teia do Fixo e finalizou a poção. Não existia um Grão do Só Amar, então ela utilizou um bocado extra do Grão do Só Gostar para chegar a um efeito próximo ao que desejava.

— Vai fazer a pessoa se apaixonar pelos mínimos detalhes do outro?

Mardoqueu observava a menina fazer as misturas enquanto os sons de detalhes românticos e fofos saltavam pela cozinha como fogos de artifício.

— Quem receber a borrifada desse perfume vai se interessar por pequenos detalhes, ou pelo menos vai começar a notar mais algumas coisas que gosta na pessoa mais próxima. Esse grão tende a mostrar sempre o melhor do mundo.

Melina fazia um olhar maldoso enquanto misturava os ingredientes de sua poção. Queria fazer Sofia se sentir agarrada a Gaspar, como chiclete no sapato ou no cabelo.

— Gostar demais dos detalhes de uma pessoa não parece perigoso para o coração? — Mardoqueu estava interessado.

— O coração jamais descobrirá a verdade, e com o tempo o amor pode querer tomar o território. Além do mais, a Teia do Fixo vai parar bem perto do coração e impedir aos poucos que o encantado pense algo ruim da pessoa amada.

— E o que acontece se a pessoa amar de verdade?

— Mardoqueu! Você é só um urso de pelúcia, jamais entenderia a essência de uma emoção humana. — Melina achava graça que seu urso se achasse experiente em um assunto como aquele.

— Nem humanos conseguem entender o amor, por isso criam desculpas como poções. Deviam apenas se deixar amar.

Melina ignorou o comentário do urso.

A mistura começou a cheirar como doce de goiaba. Melina achou que aquele fosse o cheiro mais parecido com de se apaixonar. Ela balançou a pulseira, e um brilho caiu sobre a Poção Perfume, levantando uma fumaça meio rosada que tomou a cozinha.

— Melina apronta um bocado — comentou Conde.

— Eu queria que ela aprontasse uma aventura para todos nós. Estamos presos há anos nesta casa! — Tivam não queria mais nada além de sair e conhecer o mundo.

Melina nem se importava com a conversa fiada das pelúcias. Depositou cuidadosamente a Poção Perfume em um frasco pequeno.

— Amanhã borrifo em Sofia e vou me certificar de que Gaspar esteja presente para que sinta o cheiro. Assim ela vai começar a gostar dos mínimos detalhes dele.

— Não deveria ser o contrário? — Conde não entendeu a lógica da coisa. — Não deveria borrifar o perfume no Gaspar?

— Não é assim. Desse jeito é muito comum e normal. Na verdade, ele tem que sentir o cheiro dela e assim ela se sentirá atraída por ele.

Aquela era uma ideia um tanto mágica, pois Conde permaneceu sem compreender, mas resolveu não questionar, pois a menina parecia convicta.

Melina sacudiu a mão com a pulseira no ar e toda a fumaça rosada saiu da cozinha.

— Em um balanço dessa pulseira a gente iria daqui para o Morro de São Paulo. Poderíamos mergulhar nas belas águas e encontrar corais e recifes. Em terra firme, acharíamos as mais poderosas Árvores Portais, tipicamente brasileiras e cheias de energia. Soube pela tia Constanza que lá ainda vivem animais incríveis da época da pirataria — Tivam falava sonhando.

Melina ignorava. Ela sabia que pelúcias não podiam se molhar e muito menos mergulhar. Nunca contou isso a eles, pois não queria matar o sonho de Tivam.

Depois de pronta, a Poção Perfume foi escondida no quarto.

Naquela tarde, Melina teria aula de transformação.

Na sala de estar, às três da tarde, a Melina que estava diante de sua tia possuía a aparência física de Alice.

— Se não fosse a pulseira em seu braço, jamais te reconheceria. Parabéns por ter conseguido! — disse Constanza.

Tio Cosmo também apareceu e elogiou.

— Tente fazer a pulseira parar de brilhar enquanto estiver em transformação.

Ele apontou para o pulso da sobrinha, o objeto faiscava.

— Desculpa! — Melina sacudiu o pulso, e o brilho se dissipou.

— Não se esqueça de ser discreta — aconselhou Cosmo.

— Como posso me transformar em alguém com mais peso que eu? Mais forte, mais alto, mais velho...

Até ali Melina só conseguia se transfazer em pessoas mais parecidas com sua altura e idade.

— Precisa de algumas algas do mar na parede atrás de você. — Tia Constanza apontou.

Ficou um pouco decepcionada porque aquela pintura atrás dela não era uma área liberada por sua tia.

— Como vou pegar? — perguntou, fazendo bico.

— Pescando seria uma boa, mas não acho bom que mexa na parede.

Tia Constanza desaprovava, mas tio Cosmo achava interessante preparar uma receita com as algas.

— Um dia recolho e preparo para você uma boa refeição. Com essa alga você vai poder se transformar em tudo, sem limite de tamanho, peso, idade... — ele falou, sentando no sofá.

— Por favor, quero mesmo isso.

— Nunca mantenha a transformação por muito tempo — tia Constanza avisou com seriedade.

— Por que não?

— Um tio-avô nosso se transformou em estátua e nunca mais voltou. É muito arriscado estar em uma forma diferente da sua.

— O tio Cosmo me falou desse tio-avô uma vez. — Melina tinha uma vaga lembrança

— Não é bom usar energia incrível para mudar quem você é. Você pode se adaptar à mentira e passar a viver como se fosse verdade.

— Como Hugo? — perguntou, triste.

— Sim...

Melina sacudiu a pulseira e voltou à sua forma real. Era melhor não arriscar.

Hugo ouviu tudo. Agarrado ao seu cachorro, chorou uma lágrima de tinta. Queria muito voltar a ser quem era. Tentar ser um pintor famoso tinha sido uma ambição perigosa para ele.

13. TIMACO

Grupo Timaco. Era assim que as pelúcias de Melina denominavam seu grupinho próprio, juntando a primeira sílaba dos nomes de cada um. Tivam, o tigre redondinho com olhos grandes e brilhantes; Mardoqueu, o urso branco de blusa e gravata borboleta rosa; e Conde, o urso marrom de óculos com toga de formatura.

Cada uma das pelúcias tinha o Grão do Só Falar que tinha gerado dentro deles uma pequena árvore com os galhos que pareciam veias. O grão ficou centrado no peito como um coração crivelmente mágico.

— Até quando ficaremos presos aqui? A Melina vive sem tempo desde que cresceu. — Tivam queria conhecer o mundo e viver grandes aventuras.

— Que lugar seria mais seguro e confortável que a cama de Melina? — Conde era o mais centrado dos ursos.

— Estamos presos, afastados de um mundo tão grande e majestoso. Existe tanto a se descobrir. Tantas ilhas na Bahia que podemos explorar... O Morro de São Paulo é um exemplo de beleza a se visitar. — Tivam desceu da cama e foi para perto da janela. Tentou subir no pulo, mas não conseguiu.

— Impossível sairmos daqui. Não adianta você se queixar — afirmou Conde.

— Pensem bem: se Melina tivesse terminado os estudos com tia Constanza, todos teríamos mais tempo para ficar com ela. — Tivam tentava convencer os demais amigos de pelúcia.

— Ela não é mais criança. Que jovem brinca com ursos de pelúcia depois que cresce? Deveríamos fazer algo em relação a isso — disparou Mardoqueu de cima de uma prateleira onde ficavam alguns livros que Melina lia antes de dormir.

Foi em um desses livros que surgiu o amor de Tivam pelo Morro de São Paulo. Ele viu uma foto e amou à primeira vista.

— Melina já não tem tempo, e isso nós não podemos mudar. — Conde ficou assombrado ao ver seus amigos pelúcias tão indignados.

— O que devemos fazer é usar as flores do tempo e fazer Melina voltar a ser criança. Ela está diferente depois que cresceu, ficou individualista e só pensa nela mesma. — Tivam ainda tentava chegar à janela onde os besouros de luz tomavam sol.

— Não tem como fazer isso — Conde discordou.

— Seria ótimo! Ela ia comprar brinquedos novos. Quem sabe até alguma ursinha bem bonita.

Mardoqueu amou a ideia.

As pelúcias sabiam onde as flores do tempo ficavam, mas não sabiam qual delas era responsável pelo passado, pelo presente ou pelo futuro.

Tivam mandou Mardoqueu buscar a flor.

A hora escolhida foi pela manhã, logo depois que Melina saiu para o colégio. Mardoqueu saiu do quarto quando ela abriu a porta, acompanhou a menina até as escadas e esperou que ela se afastasse. Para descer, Mardoqueu fez o que uma boa pelúcia apressada faria: saiu rolando. O som que ecoou era macio e não chamava atenção.

Hugo nem o ouviu descer, pois estava entretido com seu cachorro. Mardoqueu parou no fim das escadas sentindo a tontura da queda, o que era muito para quem só tinha dentro de si o Grão do Só Falar. Ele estava em silêncio por mais tempo do que o habitual.

Andando lentamente com suas patinhas pela casa, passou na cozinha e rumou para o quintal. O vento bateu em seu rosto de pelúcia.

— Qual dessas será a flor do passado? — Ele já enxergava as mudas perto do pé de pau-brasil, mas não sabia bem qual pegar.

As escolhas de Mardoqueu seriam as flores coloridas ou as brancas, porque a escura parecia nebulosa e sombria demais. Sem demorar, optou pela branca, por causa do seu corpo de pelúcia, e isso o animou. Mas ele não sabia que aquela era a flor do futuro. Quando a quebrou pelo caule, ouviu um som de possibilidades infinitas e toques esperançosos que ele jamais poderia explicar de outra forma.

— O som de um sino! — concluiu, segurando a flor com os seus dois braços de urso.

Voltou para o quarto de Melina com muita dificuldade. Tivam desconsiderou seu cansaço.

— Não temos como cansar se nem somos humanos — ele se queixou puxando a flor da boca de Mardoqueu.

— Essa flor a fará voltar a ser menina? — perguntou Conde se aproximando dos amigos de pelúcia.

— Sim! — Tivam não tinha dúvidas.

— Por que não faz uma Poção Perfume? — Mardoqueu achou que aquilo seria mais rápido.

— Não temos como animar a poção sem a pulseira. — Conde tinha aprendido enquanto observava Melina trabalhar na cozinha com a tia.

— A flor do tempo vai funcionar sem a pulseira de Melina? — Mardoqueu tinha dúvidas.

— Sim, vai funcionar mesmo sem Melina. — Tivam continuava otimista. — Tudo o que temos de fazer é colocá-la no lugar certo: o espelho mágico. Usaremos imagens antigas de Melina para refletir o passado.

Era uma lógica muito própria do Tivam. Mas como culpar um urso por aqueles pensamentos?

— Boa! — Conde resolveu elogiar Tivam pela ideia. Para quem nem queria participar do plano, ele já estava envolvido.

— Entregue a flor ao espelho de Melina e por certo ele refletirá uma criança de novo. Quando ela se olhar no espelho, verá sua infância e vai desejar voltar à época em que não se sentia tão insegura.

Parecia uma ideia útil.

— Caso não funcione, há muitas flores lá no jardim — Mardoqueu avisou, mas se arrependeu depois de lembrar que teria que refazer todo o percurso até o lado de fora.

Tivam estava ansioso e os amigos resolveram que o único jeito de jogar a flor no espelho seria fazendo um estilingue. O espelho ficava no alto da parede, e os três usaram um sutiã de Melina para arremessar.

Tivam ia lançar enquanto Mardoqueu e Conde seguravam os lados do sutiã.

— Não saiam da posição e não soltem as alças que seguram! — Tivam avisou os amigos enquanto eles se ajeitavam com o estilingue improvisado.

Os três subiram na cômoda que ficava mais perto da cama. Dali seria mais simples lançar a flor até o espelho. Tivam puxou o sutiã com a flor posicionada e, em uma única tentativa, a fez soprar no ar. A flor flutuou por alguns segundos e foi completamente assimilada pelo espelho.

As três pelúcias pularam de alegria.

Segundos depois, ouviram o som de possibilidades infinitas rodeado de toques esperançosos que eles jamais poderiam explicar. Era o som de sinos e saía do espelho.

Além da melodia, alguém saiu de lá – para espanto dos três ursos. Em seguida, outro barulho foi ouvido: o do espelho caindo no chão e se partindo em mil pedaços.

14. BORRIFAR

Melina tinha na mochila a Poção Perfume do Gostar e não sabia bem como usá-la. A única forma lógica seria chamar pessoalmente Gaspar e Sofia. No intervalo, foi ao encontro de Gaspar na cantina. Sofia não demorou a grudar no braço dela. Juntos, os três seguiram para a sala de aula.

— Quero entregar algo para Sofia e gostaria muito de conversar com vocês.

Gaspar desconfiou daquilo, mas seguiu Melina.

A menina entrou ligeiro na sala, que estava vazia porque quase todo mundo comia no refeitório ou tirava foto no pátio e no jardim do colégio. Enquanto todos os colegas estavam conectados, no mundo real a mágica ia começar.

— Tenho um presente para Sofia — Melina falou com certa vivacidade, enquanto tirava o frasco da mochila. Ia entregar para Sofia, mas Gaspar o agarrou antes que qualquer tentativa de borrifar pudesse partir do dedo da menina Crível.

— É para ela — resmungou Melina. — O perfume foi feito para Sofia.

— Obrigada! — Sofia estendeu a mão.

Gaspar, no entanto, estava impassível.

— Este é um perfume sem poção? Digo... é normal?

Ele estava um tanto desconfiado. Melina demorou a responder e, quando o fez, gaguejou com as palavras.

— Não arruíne mais nada da minha vida.

Esticou-se lançando o corpo contra Gaspar. Queria pegar o perfume de volta, mas o rapaz era mais alto e ela teve de pular para tentar apanhar o frasco de volta.

— Preciso que me diga se é um perfume comum.

Ele não ia devolver até ser respondido. Parou tranquilo com o perfume em mãos enquanto Sofia tentava entender toda a situação.

— Devolva antes que outras pessoas entrem na sala — Melina insistiu.

— É um perfume comum? — Gaspar insistiu, saindo calmamente de perto dela.

— Sim! — Melina respondeu porque temia que ele saísse da sala com o aroma em mãos.

Como consequência, suas bochechas ficaram vermelhas. Sofia, que nunca tinha visto aquilo, achou que ela estivesse tendo uma reação alérgica, mas Gaspar a tranquilizou dizendo que aquele era apenas um efeito colateral de uma mentira.

— Não se preocupe. A Melina só precisa parar de mentir.

Em resposta, Melina correu até ele e chutou sua perna. Gaspar se inclinou, e ela conseguiu pegar o perfume antes que o frasco caísse no chão, mas o garoto não ia desistir: se ergueu depressa e conseguiu apertar o borrifador. O perfume foi parar no rosto de Melina.

Sofia, confusa, se afastou. Melina ficou parada sentindo o aroma tomar seu corpo. Gaspar fixou os olhos nela esperando alguma reação, mas foi inundado pelo cheiro gostoso de doce de goiaba. Ele amava aquele cheiro.

— É uma delícia — falou se aproximando.

Melina não pôde resistir ao encanto da poção. A Teia do Fixo parou pertinho de seu coração. Ela e Gaspar sentiram uma fita invisível atrair seus corpos. A garota conseguia ver com mais atenção as sardas nas bochechas de Gaspar, os olhos mais brilhantes, o cabelo repicado, a pele clarinha, a boca tão bonita e macia... Ela estava em perigo. Já gostava de tantas coisas nele... só no rosto eram tantos detalhes bons que Melina estava quase se rendendo ao sabor do doce mais doce...

— Sempre gostei de brigadeiros! — exclamou com a mente nas alturas. Tapou a boca ao perceber o que falava.

— É uma Poção Perfume. — Gaspar não tinha dúvidas.

— Está tudo bem, Mel? Suas bochechas e nariz estão vermelhos. — Sofia começara a chamar Melina de "Mel" desde que se autoproclamara sua amiga.

— Estou bem! Preciso ir...

Com as pupilas dilatadas, Melina saiu correndo, o coração batia rápido. Aquilo era péssimo e desconfortável, mas precisava assumir: era delicioso também. Fazia mal mesmo sendo saudável e natural. Estava gostando do garoto que tinha arruinado sua vida.

Alice, por sua vez, foi atrás de Melina.

— Por que foi falar com Gaspar e Sofia? — ela queria saber, mas desistiu ao ver as bochechas e o nariz de Melina. — Você se queimou?

— Eu... preciso ficar sozinha — Melina implorou, escondendo o rosto com os cabelos compridos.

Ela estava chateada por ter sido atingida pela Poção Perfume. Longe de Gaspar, parecia que o encantamento tinha deixado de ser útil. Achou que, por sorte, talvez tivesse conseguido se livrar do efeito, até que Gaspar apareceu atrás dela.

— Pode me contar a verdade.

Ele a avistou bem perto da sala da biblioteca, nos fundos do colégio.

— Era uma Poção Perfume, mas não era para mim — explicou Melina. Com isso, as bochechas e o nariz dela voltaram ao normal.

— Borrifei sem querer — se desculpou, arrependido.

— Agora é tarde. Por sua culpa, me encantei de novo.

— O que essa poção faz?

— Me faz... — Ela não podia mentir, ele ia saber. — Me faz gostar de muitos detalhes em você.

Gaspar não conseguiu falar nada depois de ouvir aquilo. Era uma poção muito diferente e talvez não fosse tão ruim: Sofia terminou sem perfume e Melina foi encantada de novo. Quando a aula terminou, a garota correu para casa o mais rápido possível, pois não queria encontrar Gaspar.

A porta se abriu antes que ela precisasse empurrar.

— Obrigada! — Melina alisou de novo a maçaneta quando a porta se fechou atrás dela.

Tia Constanza e tio Cosmo esperavam a sobrinha na cozinha e a impediram de subir as escadas.

— Parada! — exclamou tia Constanza. Melina parou com os pés a centímetros do primeiro degrau. — Sabemos o que você fez. Agora deve enfrentar as consequências.

— Eu fiz uma burrada — confessou.

Do quadro, Hugo fazia força para saber o que estava acontecendo.

— Sim, foi mesmo uma burrada — Constanza falou naquele tom de desaprovação que Melina só ouvia quando falava com a mãe pelo telefone mágico.

Era a primeira vez que a tia falava tão maternamente.

— Sinto muito — a menina falou com sinceridade.

Tia Constanza foi até a cozinha e voltou com um garoto sorridente que devia ter a idade de Melina. Ele se parecia com Gaspar e até tinha as sardas dele; a única diferença era o sorriso: o menino tinha um sorriso muito astuto.

— Quem é esse?

— Esse é seu filho! — Tio Cosmo respondeu, dando um leve tapinha no ombro da sobrinha, que deu alguns passos para trás, atordoada.

O garoto, que comia maçã, sorriu e envolveu Melina em um abraço.

— A senhora mãe tem o mesmo rostinho de menina.

— Por isso sou contra o uso de flores do tempo. Como se não bastasse aquelas criaturinhas na grama da frente, você ainda precisava colher o tempo? — Cosmo se queixou com a irmã.

— Quer sair de cima de mim? — Melina tentava afastar o garoto. — Eu não usei flor nenhuma para trazer você, e não acredito que seja mesmo meu filho.

Tio Cosmo interveio.

— Ele é seu filho do futuro. E pode assumir a culpa por isso. Quem mais traria esse garoto senão você?

— Eu não fiz isso! Eu não estou mentindo, olha as minhas bochechas.

O garoto mantinha nos lábios um sorriso esperto.

— O espelho mágico se quebrou em muitos pedaços — disse Constanza. — Precisa de uma reforma urgente se quisermos levar esse garoto de volta à época dele.

— O espelho do passado que se quebrou aqui é o mesmo que uso no meu quarto para ir pro futuro — comentou o garoto, piscando para a futura mãe.

— Eu não sabia de nada! Quem pode consertar o espelho agora?

— Não se preocupe! Todo espelho mágico pode ser consertado. O problema é encaixar todas as partes. Mesmo assim, conheço uma pessoa que tem esse dom. Posso tentar convencê-lo a vir aqui.

Aquela foi uma das poucas vezes que Constanza usou o telefone mágico para mandar um recado. O objeto roncava baixinho quando ela o segurou pelo corpo. Uma fita saiu no ar levando uma mensagem para a única pessoa que talvez pudesse ajudar a consertar o espelho mágico de Melina.

15. O FILHO DO FUTURO

— Eu não acredito que terei um filho — Melina se queixava catando os vidros do chão do quarto enquanto o seu filho a olhava da porta.

Na parede, Hugo caçoava da irmã e a avisou aos berros que ela não ia conseguir se safar daquela vez.

— Tio Hugo sempre foi um pouco chatinho com a senhora — o garoto do futuro disse, ouvindo Hugo.

— Ele não deveria ficar berrando. Vai sujar as escadas com a tinta da saliva dele.

— A senhora limpa depois, basta uma sacudida na pulseira e pronto. Faço isso quando me manda limpar meu quarto.

— Qual o seu nome? — Melina perguntou, dando uma rápida olhada no menino. Ele possuía a mesma pulseira de raiz dos demais membros da família Crível.

— Meu nome é Edmundo. Foi meu pai quem me deu esse nome.

— Tem certeza de que é meu filho?

— A senhora é minha mãe, sem dúvida. Por mais que esteja novinha agora, eu reconheceria seu rosto. E meu pai, ele não está aqui? — Edmundo perguntou, olhando para fora do quarto. Queria ter certeza de não estar sendo ouvido pelos outros.

— Seu pai? Não sei quem é seu pai.

— Gaspar Gracos. Quero tanto vê-lo mais novo. — Crivelmente lógico, o garoto era idêntico ao pai. — Que encrenca temporal!

Depois de ouvir a novidade, Melina largou o resto do vidro no chão e correu para falar com a tia.

— Fiz asneira! E das grandes! — Melina exclamou com as mãos na cabeça. A tia teve de sentar em uma cadeira da cozinha para não desmaiar. — Eu estou encantada com uma Poção Perfume do Gostar. E o pior é que no futuro serei mãe de um garoto que é filho do rapaz de quem eu não quero gostar. Preciso consertar isso!

Tia Constanza pediu calma para entender tudo. Melina contou em detalhes toda a sua história.

No quarto, Edmundo colocou cada pedaço do espelho em uma caixa de papelão. Usou sua energia Crível para ser mais rápido, e os cacos flutuaram até a caixa sem que ele fizesse o menor esforço. Escondidas debaixo da cama de Melina, as três pelúcias falavam baixinho, mas Edmundo as ouviu.

— Eis os três encrenqueiros — disse ele. — Não mudaram nada.

— O rapaz do futuro nos conhece. — Tivam ficou feliz.

— Vocês vivem trazendo encrenca. Eu deveria acabar com os três e poupar minha mãe de muitos problemas — Edmundo falou.

— Eu não queria trazer confusão — Mardoqueu reclamou.

— Se minha mãe e minhas irmãs não gostassem tanto de vocês, eu ia mesmo transformá-los em tecido velho.

— Queremos apenas ser livres — Tivam implorou.

— Não me venha com essa. Eu te conheço do futuro, você é muito arteiro. Não vou deixar que apronte mais confusão.

Edmundo não ia ser muito sentimental com o tigre e estendeu a mão para pegá-lo, mas Melina o interrompeu ao entrar no quarto.

— Onde você vai ficar enquanto consertam o espelho? — ela perguntou.

— Onde a senhora mãe quiser. A Casa-Monstro também é minha; tia Constanza a deixou para mim no futuro.

A afirmação dele fez a casa se sacudir. Ela sabia de tudo e ouvia cada detalhe.

— A única coisa que peço é que pare de me chamar de "senhora mãe". Não me importa se tia Constanza te deu esta casa, desde que você se responsabilize caso ela tenha carrapatos no futuro.

Melina odiava o período que a Casa-Monstro tinha carrapatos. Eram grandes, batiam na cintura de uma pessoa comum e quase sempre dava um trabalho terrível tirá-los da parede. Eram muito perigosos.

— Tudo bem, a Casa-Monstro dificilmente pega carrapatos.

Em toda a vida, Edmundo só viu aquilo uma única vez. A casa se coçava tanto que parecia vítima de um terremoto. Os carrapatos grudados na parede tinham que ser feridos com lanças, porque ninguém se atrevia a tocá-los. Uma Poção Perfume havia sido preparada para ajudar.

Foi uma aventura nojenta, aquela, mas Edmundo guardava boas recordações. Tio Cosmo o ensinou a cuidar da casa, e ela se mantinha sempre muito limpa desde então.

— Tanto faz, apenas obedeça às regras e fique longe de meu quarto.

— Minhas irmãs e eu sempre obedecemos.

— *Irmãs?*

— Sim! A senhora tem mais três filhas. Sou o mais velho, depois vem Celina, a única que nasceu sem energia incrível. Por último vieram as gêmeas, Elisa e Cristal; estão entrando na adolescência e aprontam muito. As gêmeas só não estão aqui porque eu as proíbo de ficar fuçando o que não é da conta delas. Como a senhora faz ao me proibir de ficar aqui no quarto que vai ser meu no futuro.

— O seu quarto é este?

— A cor e a cama são diferentes. Fora isso, tudo permanece igual.

— Por que eu daria meu quarto para você?

Talvez essa coisa de ser mãe a deixasse menos individualista, porque no atual momento ela não queria dividir seu espaço com ninguém.

As três pelúcias resolveram se manifestar:

— Se esse garoto ficar no quarto, não vamos mais matar nenhuma barata ou mosquito para proteger você enquanto dorme.

Tivam estava cismado com Edmundo pela forma com que o rapaz falava com ele.

— Uma revolta! — exclamou Mardoqueu levantando a pata branca de urso.

— O que há com vocês?

Melina não entendeu, e Edmundo fez uma careta zangada para as pelúcias.

— Esses três que me trouxeram do futuro.

— Isso é verdade? — Ela não podia acreditar.

— Foi plano do Tivam — exclamou Mardoqueu, tentando se livrar da culpa.

— Os três estão de castigo neste quarto até que eu resolva a situação — Melina advertiu, zangada. Saiu pisando forte e só parou quando a casa sentiu cócegas, dando uma sacudida que a deixou tonta.

— Você nos entregou! — Tivam socou a perna de Edmundo, que nem sequer se moveu.

— Acha mesmo que seus braços de pelúcia seriam fortes o suficiente? — Ele afastou o urso. — Não aprontem nada.

Edmundo saiu do quarto e foi atrás de Melina, mas Hugo o parou quando ele descia as escadas.

— Se você veio do futuro e sabe que estou no quadro... Significa que ainda estarei aqui depois que você nascer? — Hugo desatou a chorar lágrimas de tinta. Barbudo estava ao seu lado e uivava, triste.

— Não precisa se preocupar. Vai ficar tudo bem. — Edmundo tentava consolá-lo, mas teve que estender a mão com a pulseira e formar um guarda-chuva invisível para se proteger da tinta.

— Sobrinho do futuro, me responda com quem Melina vai casar... — Hugo controlou as lágrimas.

— Gaspar Gracos. O senhor o conhece... Quer dizer... Não sei se já o conhece, mas vai conhecer quando minha mãe se casar com ele.

— Então minha irmã casará, terá filhos e eu vou ficar aqui.

Hugo voltou a chorar e Edmundo se afastou. Foi para a cozinha, onde Constanza preparava outra Poção Perfume.

— Aroma de livros, Grão do Só Aprender, Pétala do Tempo Presente e... Opa! A senhora vai estudar? É uma Poção Perfume para estudo.

Constanza ficou surpresa.

— Reconhece uma Poção Perfume?

— Sou herdeiro direto e futuro líder da família Crível Gracos — Edmundo falou, orgulhoso.

— Eu te ensinei a fazer essa Poção Perfume?

— De certa forma, sou fruto de seu ensino também. — Edmundo sorriu meio sem graça.

— Aham! Fico feliz em te influenciar de alguma forma — disse Constanza, contente.

— A senhora vai usar essa Poção Perfume em algum estudante?

— Na verdade, é para que você consiga entrar na escola de sua mãe. Não acho certo que fique sem estudar nesse breve período no passado. Quando você borrifar esse perfume, terá o cheiro de um...

— Estudante desta época.

— Sim! E ninguém vai perceber a diferença — Constanza confirmou sorrindo.

16. GRACOS

A casa da família de Gaspar ficava na rua abaixo de onde Melina morava.

Leila e Rodrigo eram os pais da família Gracos. Recuperados de uma terrível crise financeira, viviam mais confortáveis depois que a livraria deles começou a prosperar. Os pais trabalhavam "quase sempre", e para os filhos sobrava o "quase nunca" do tempo.

Gaspar sempre foi cobrado para não fracassar. Dos irmãos, era o que mais se destacava. Ele era um rapaz calmo e podia ser divertido e animado, às vezes. Na infância, estudou na mesma escola de Melina e não conseguia se enturmar. Era tímido demais e achou muita graça quando Melina tentou fazer amizade com ele.

Primeiro achou que ela estivesse zombando. Depois, ela começou a tentar fazê-lo rir, batia de leve nas costas dele, colocava algumas minhocas no seu caderno — ele jurava que não eram de verdade, mas estranhamente se tornavam reais por alguns minutos. Só mais tarde ele saberia que aquilo era mesmo algo crível e nada impossível. Melina contava para ele sobre tudo o que descobria, tudo o que sabia. Mostrou suas pelúcias falantes e provou que não era nada comum. Foi divertido tê-la por perto, até o dia em que a amiga se mudou.

Anos depois, morando em uma cidade nova e estudando em outro colégio, ele reconheceu Melina assim que a viu de costas: os cabelos cheios ainda eram os mesmos. Chegou a tentar falar com ela, mas ficou inibido. Assim que conseguiu a atenção da menina, Gaspar foi acusado de ter provocado sua mudança. Ele não gostava de discutir, então ouviu toda a queixa, até que ela pediu para que os dois não se encontrassem mais. Foi quando pensou que a melhor maneira de ter a menina por perto seria ameaçar contar seu segredo, algo que nunca faria, mas que era a única forma de não perder aquela garota mágica de vista.

Tempos depois, ele começou a ser perseguido por Alice, o que era bastante desconfortável. Alice chegou a ir à casa de Gaspar várias vezes e o chamou para conversar. Giovana atendia a perseguidora e um dia começou a brigar com ela, mas Gaspar a parou. De forma dura, pediu que Alice parasse de persegui-lo para todo lado. Foi no dia seguinte a isso que ela se queixou na sala de aula. Melina tomou as dores da colega sem saber de toda a história.

Para Giovana, a calma de Gaspar lhe garantia um ar cortês; havia uma quantidade razoável de meninas interessadas nele. Isso dava a ela certa vantagem no colégio. Por conta disso, às vezes ela negociava favores.

— Quem me ajudar no projeto de Geografia vai ganhar um encontro com meu irmão — era algo que ela dizia.

Isso fazia de Gaspar um valioso produto de barganha. Para Cauã, por sua vez, Gaspar era o maioral.

Como os pais daquela família passavam muito tempo trabalhando, toda a responsabilidade recaía sobre o filho mais velho. Ele se responsabilizava pelos caçulas; além disso, tinha de dar o bom exemplo e ser sempre obediente. O problema era que Leila, sua mãe, detestava sua atitude passiva. Por causa disso, ela o matriculava em muitos cursos e em tudo o que pudesse torná-lo mais ativo. Ultimamente, ele trabalhava na livraria da família.

A única vez em que os pais o viram mais ativo foi na infância, quando Gaspar começou a gostar de ir para o colégio. Mais tarde souberam que ele tinha feito amizade com certa menina, e com ela aprontava coisas inexplicáveis. Fora isso, Gaspar mostrou sua responsabilidade resolvendo problemas relacionados aos irmãos no colégio. Fazia bico de professor particular para algumas meninas graças à ajuda de sua irmã, que criava uma ótima propaganda.

O único problema era que ele continuava muito fechado. Não tinha amigos e todos o viam como alguém calado. Ele achava não ter tempo para si: devia cuidar dos irmãos e não se tornar um peso para os pais.

Era como os Gracos viviam.

17. GAROTO NOVO

De início, Melina se contorceu com a ideia de levar o filho do futuro para o colégio.

— Não pode deixar Edmundo aqui! — Constanza foi categórica.

— Por que não? Levá-lo para o colégio será problema. Não percebeu que ele cheira a futuro?

— Fiz um perfume que vai abafar um pouco o cheiro de expectativas e possibilidades que ele tem. Acredito que ajude a camuflar o aroma de sua energia incrível — argumentou a tia.

— Por que eu tenho que levá-lo?

— Porque... porque eu estou mandando!

— Certo, então... — Melina não ia discutir.

— Eu quase me esqueci de avisar... Essa semana a Avani me lembrou de que pretende nos visitar junto com o esposo dela. Ele irá consertar o espelho que quebrou no seu quarto.

— Avani casou?

Daquela novidade nem Melina sabia.

— Casou, sim, e não mandou convite para nós — respondeu Constanza, um tanto magoada.

— Agora podemos ir, senhora mãe?

Edmundo mostrou o frasquinho de perfume para Melina. Ele tinha borrifado e naquele momento se sentia um jovem do passado.

— Nada de me chamar de mãe ou de senhora.

A porta da frente abriu sozinha para eles passarem. Melina ficou surpresa, pois achou que Edmundo levaria uma mordida da maçaneta.

— A Casa-Monstro não te estranhou? — Ela ficou um tanto decepcionada e olhou emburrada para maçaneta quando Edmundo passou.

— A Casa-Monstro me reconhece no passado e no futuro.

Constanza ouviu tudo em pé ao lado da porta da frente e elogiou a destreza do rapaz.

— Ele é bem mais esperto que a temerosa mãe.

Melina arrastou o filho, mas antes que pudessem partir, Cosmo apareceu.

— Vocês deveriam dar uma olhada em Hugo.

Hugo estava deitado dentro do quadro. O cachorro ao lado dele chorava.

— O que está fazendo? Consegue dormir? — Melina nunca tinha visto o irmão deitar no quadro. No máximo sentava esperneando como criança zangada.

Hugo demorou a responder e tio Cosmo deu uma sacudida de leve na pintura. O cachorro latiu, deixando Hugo zangado.

— Colabora, Barbudo! — Hugo pedia baixinho. Estava ficando tonto por causa do sacolejo do quadro e ainda tentava conter o cachorro, que ficou nervoso.

— Está fazendo birra de novo? — Melina perguntou, zangada, e Hugo resolveu confessar.

— Seu filho do futuro já sabia que eu estava no quadro. Ou seja, eu fico preso aqui até depois de você casar e ter filhos.

— Não sabemos se tudo isso vai mesmo acontecer! — Melina usou aquele argumento porque ainda era contra a ideia de se casar com Gaspar.

— Ficarei deitado como o cadáver que sou; vocês podem cremar o quadro.

Dito isso, deitou quando tio Cosmo pôs a tela no lugar.

— Quer mesmo ser queimado? — Melina estava sem paciência.

— Se já estou morto, pode terminar por me cremar, sim.

— Eu disse que vou te ajudar a sair.

— Você só pensa em seus problemas, não para nem um pouquinho para conversar comigo.

A birra de Hugo deixou Melina com tanta raiva que ela chegou a balançar a pulseira e fazer uma chama se acender em sua mão. Tio Cosmo a despertou de seu momento de raiva, então Melina fechou a mão e sentiu vergonha de sua atitude.

Edmundo, que alisava a maçaneta, achou interessante que sua mãe do passado fosse tão birrenta, insegura e diferente da mulher que conhecia do futuro.

Depois disso, Melina seguiu para o colégio. Já Hugo parou sua birra por não querer ser machucado.

Foi no percurso que Edmundo puxou conversa.

— Tio Hugo está um pouco mais velho na minha época.

Esse comentário a despertou.

— Como pode? Dentro do quadro ele não envelhece...

— Porque ele não está mais no quadro — falou tranquilamente.

— Eu o tirei do quadro — comemorou Melina. — Lógico que consegui. Isso não será nada difícil para mim com o tempo.

Ela sentiu que podia gritar mais alto e comemorar com uma grande festa aquela notícia.

— Eu só afirmei que ele saiu. — Edmundo não foi ouvido porque Melina estava feliz demais ao achar algo finalmente interessante em seu futuro.

Por todo o restante do caminho que faltava para o colégio, Melina ficou pensando em como poderia ter tirado o irmão de dentro do quadro. Chegou a sentir dor de cabeça.

Edmundo passou pelo colégio com facilidade. O cheiro enganou as pessoas comuns, e a habilidade mágica dele fascinou Melina. Bastava ele tocar a mão no ombro de alguém que magicamente a pessoa falava com ele como se já o conhecesse há anos. Quando entrou na sala de aula, fez sucesso com aquele sorriso arteiro. As meninas o acharam lindo, e para muitos ele lembrava alguém.

O filho do futuro de Melina era um tremendo "doce de festa", deliciosamente apreciado por todas as moças que o devoravam com o olhar.

— Gaspar! Ele lembra Gaspar! — Alice falou. A opinião dela dividiu a sala.

— Lembra nada. — A mentira deixou vermelho o rosto de Melina.

Todos perguntaram se ela estava bem. Parecia ter queimado as bochechas e o nariz. Talvez fosse alergia; ela tentou esconder o rosto com o cabelo, mas era tarde: a sala toda já estava rindo.

— Esqueçam o que viram!

Edmundo estendeu a mão com a pulseira e estalou os dedos. Foi como se areia tivesse caído no olho de todos, embaçando suas vistas por alguns segundos. Depois que limparam os olhos, esqueceram que Melina tinha ido ao colégio naquele dia.

A garota correu tão rápido que foi parar na quadra do colégio. Sentou no alto das arquibancadas e respirou fundo para não chorar. É complicado ser diferente. As pessoas te olham torto e te chamam de "esquisita". Isso aconteceu muitas vezes com Melina desde que ela havia chegado naquela cidade. Ela acreditava que não deveria ter se afastado dos pais.

No intervalo do colégio, Alice não parava de notar Edmundo (a versão 2.0 de Gaspar). Edmundo, por sua vez, resolveu ir atrás do pai.

Sofia encontrou Melina, que contou que estava com vergonha de ir para a sala por conta de uma alergia que fez suas bochechas e nariz arderem.

— Passou o tempo todo escondida? Seus colegas nem se lembram de ter visto você hoje, sabia? — Sofia perguntou.

— Sim, passei escondida e envergonhada.

Com essa afirmação, seu rosto voltou ao normal.

— Mel, não precisa ficar assim. Eu fico com você, e se quiser, podemos sentir vergonha juntas, porque tenho uma alergia também. — Sofia estava bem perto quando compartilhou a notícia. — Eu tenho alergia a castanha.

Com aquela novidade, a menina se sentiu mais próxima de Melina, que perguntou:

— Por que se importa em vir aqui e ser minha amiga?

— Uma vez fui humilhada por algumas meninas e acusada de flertar com o namorado de uma delas, quando na verdade ele esbarrou em mim. Acabei chorando depois de ser empurrada contra a parede; todos me olharam como se as lágrimas fossem algo muito grotesco e ridículo. Depois disso, aprendi que pessoas, quando se importam com outras, serão sempre consideradas heróis. Essas pessoas pensam por si mesmas e não caem na tolice de seguir um grupo de vilões...

A triste realidade é que vivemos em um mundo cheio de vilões e de poucos que conseguem de verdade pensar por si mesmos.

Melina não fazia ideia de que alguém tão "cajuzinho", estonteante e esplendorosa como Sofia pudesse ser tão insegura e sozinha. A menina terminou de contar tudo muito emocionada.

— Você é mesmo uma boa amiga — concluiu Melina.

Sofia deu o mais aliviado e feliz sorriso do mundo.

— Mel, uma pessoa pode ser a mágica mais poderosa do mundo quando não tem medo de se importar com os outros, e por isso vale a pena ter amigos.

Melina achou graça porque Sofia tinha razão em duas coisas: era bom ter uma amiga, e nisso havia mesmo muita mágica.

18. TIMACO II

As três pelúcias tinham um novo plano.

Tivam estava certo de que, com um filho do futuro, Melina não ia mais dar atenção a ele e que, com isso, os três nunca viajariam para o Morro de São Paulo.

— Devemos ir por nós mesmos! Melina nos colocou de castigo e agora não podemos sair. O problema é que vivemos de castigo há anos, presos e sem direito de ver o mundo. — Ele liderava o movimento de revolta.

— Presos aqui neste quarto, nunca vamos conseguir achar uma ursinha ou boneca que se encaixe nos nossos padrões. — Há tempos Mardoqueu não treinava sua lábia no romance. — Precisamos sair deste lugar.

Só não sabiam como.

— Acho que posso ajudar! Por que não voamos? — Conde pensou que poderia expor tudo o que havia aprendido com Melina e Constanza nos últimos anos.

— Como assim? — Tivam estava disposto a ouvir novas ideias.

— Podemos ir de tapete — concluiu Conde

Os outros riram da ideia dele, até porque não tinha sentido sair de tapete por aí. Era um absurdo! Quem já viu tapete voar?

Conde resolveu explicar:

— Não se lembram daquele livro do homem do tapete mágico? Melina leu para a gente.

O problema é que Mardoqueu e Tivam não lembravam.

— Lá no quarto da tia Constanza, deveríamos pedir que o alfaiate que vive no guarda-roupa costurasse um tapete mágico.

— Como faremos isso? Acha que ele vai ouvir três pelúcias falantes? — Tivam tinha as patas na cintura de seu corpo de pelúcia.

— Pense em outra coisa. — Mardoqueu também não achou muito boa a ideia de Conde.

— Temos também a opção de usarmos as Algas de Transformação dos peixes que vivem na parede. Podemos nos transformar em qualquer pessoa e sair andando daqui — Conde falava, confiante. Tinha certeza de que alguma das suas ideias ia ser útil em algum momento.

— Você esqueceu que sem a pulseira isso não vai adiantar muito. — Tivam estava pessimista.

— Na verdade adianta, sim, por um curto período de tempo e com algumas imperfeições, mas vai funcionar, porque as algas de peixe são incríveis por elas mesmas.

Conde sentiu muito orgulho por ter aprendido tanto e Tivam sentiu raiva porque o amigo urso não dava nenhum parecer útil.

— Em vez de todo esse plano, deveríamos apenas ir à cozinha e pegar na prateleira dos vidros o pote escrito "leveza". Tia Constanza usa nas receitas de Poção Perfume. Podemos jogar toda a "leveza" do pote em qualquer tapete. Se ele ficar muito leve, talvez comece a flutuar.

A ideia de Mardoqueu pareceu bem mais simplificada e Tivam achou que ele merecia mais crédito porque sempre o ajudava mais.

— De fato! Concordo!

Tivam o apoiou sem nem pensar duas vezes e Conde achou tudo muito sem graça, mas resolveu concordar, mesmo torcendo para que o plano desse errado e resolvessem aceitar algumas das ideias dele. Mardoqueu foi encarregado de pegar o pote na cozinha e, nessa aventura, ele levou também um sutiã de Melina.

— Para quê? — perguntou Tivam.

— Como ele é fino, vou usar como corda.

Mardoqueu saiu com o sutiã amarrado na cabeça. Foi até a escada e desceu rolando, torcendo para cair o mais perto possível da cozinha. Naquele momento, não havia ninguém em casa; Mardoqueu decidiu que escalaria a prateleira de forma que não quebrasse nada.

O pote onde se lia "leveza" tinha o aroma dos Leves. Quando Melina era criança, até aprontou usando os Leves, mas há anos o tio Cosmo não os criava mais. Assim, o pote com o aroma de Leves foi comprado por encomenda por um preço alto, porque Leves estavam em falta naquela região.

O grupo Timaco não sabia disso, e Mardoqueu subiu de prateleira em prateleira rumo ao topo. Ao lado do pote de Leveza, ele avistou o pote das Algas de Transformação dos peixes da parede.

— Veja só! Tia Constanza coletou as algas para Melina!

Ele não resistiu e pegou uma das algas, mas acabou derramando todo o seu conteúdo no chão. Depois do barulho do pote caindo, resolveu se apressar para descer.

Amarrou o pote de "leveza" no sutiã de Melina e colocou a alga dentro de sua blusa rosa. Desceu devagar; sentiu que sua pelúcia parecia escorrer. Apesar do risco de quebrar o pote, continuou descendo. Quando tropeçou e caiu da prateleira mais baixa, usou o corpo para amortecer a queda.

— São e salvo! — comemorou, checando que o pote não tinha qualquer arranhão.

Mardoqueu subia as escadas de volta ao quarto de Melina. Chegou contando vitória — para alegria de Tivam e certo desapontamento do Conde.

— Que tapete vai escolher? — Mardoqueu perguntou, puxando o sutiã onde o recipiente estava amarrado.

Tivam escolheu o tapete que ficava no corredor. Era estampado e de fibra sintética, grande para as pelúcias, mas pequeno para um humano. Conde pediu as honras de jogar o pote no objeto, e Tivam concedeu por achar que aquilo pouco importava: o melhor seria pilotar o tapete, e isso ele pediria para fazer.

Os três se aproximaram do tapete, e Conde jogou todo o pote de leveza. O Timaco esperou em cima dele. Demorou um tempinho, mas o tapete estava tão leve que começou a sair do chão. As pelúcias se balançaram de medo. Tivam sequer sabia como pilotar, mas resolveu segurar uma das pontas do tapete.

— Suba mais! — pediu ao objeto. — Morro de São Paulo, aí vamos nós!

O urso nunca tinha pilotado na vida, mas depois daquele dia se acharia especialista em tapetes.

O grupo Timaco conseguiu soprar o novo veículo para fora da janela sem chamar atenção. Não despertaram os besouros de luz que dormiam na janela.

Em poucos minutos, estavam sobrevoando a rua.

19. UMA NAMORADA PARA GASPAR

No colégio, a coisa mais difícil para Melina era dar de cara com Gaspar. Isso porque seu coração acelerava e ela começou a gostar muito de tudo o que ele fazia. Assim, se apaixonar poderia ser muito perigoso e desafiador, porque as mínimas coisas pareciam enormes gestos. Ela queria evitar Gaspar, porém Edmundo não saía de perto dele e começou a fazer muitos amigos, inclusive Alice. Sofia, por sua vez, não saía de perto de Melina, e com ela espiava Gaspar e Edmundo.

— Mel! Esse seu primo é meio diferente, fala coisas sem muito sentido.

— Não se importe tanto com o que ele fala. Na verdade, ignore tudo. E se ele quiser tocar em você, não se deixe ser encantada.

— Encantada? — Sofia fez uma expressão assustada e pensou no pior dos piores: o primo de Melina era um Casanova; namorador e ameaçador.

— Porque ele é perigoso — Melina atiçou a mente de Sofia, que resolveu se afastar de Edmundo.

Melina já estava ficando nervosa com o dito filho do futuro, que parecia ter herdado a língua afiada de Hugo. Gaspar ria ao lado do Edmundo. Melina se contorcia de raiva, se aproximando de Alice, que de longe admirava Edmundo.

— Existem segredos que o tempo guarda bem, segredos tão preciosos que precisam de anos para ser revelados. Mas você anda contando tudo! — falou, zangada diante do futuro esposo e do filho.

Gaspar pediu calma. Melina chamava atenção de todo mundo, e Sofia se aproximava trazendo um suco para acalmar a amiga.

— Melina! Não precisa ser tão grossa. — Foi o comentário de Alice, que já não era tão amigável.

Melina pensou em reclamar, mas tomou seu suco em um gole e bateu o copo na mesa. Respirou fundo e chamou Gaspar para conversarem sozinhos. Edmundo ficou surpreso, pois achou que fosse levar uma bronca, já que sua mãe do futuro odiava que ele usasse demais sua energia mágica. No entanto, aquela Melina nem se importava muito com ele, então iria curtir.

Gaspar seguiu com Melina enquanto o coração dela pulsava. Ter o rapaz ao seu lado era agradável. Os dois foram para um lugar mais vazio do colégio, a biblioteca, onde conversaram quase sussurrando e atrás de uma prateleira de livros infantis.

— O que você falou com Edmundo? — Melina temia muito que Gaspar soubesse coisas demais do futuro.

— Edmundo apenas quer saber um pouco mais sobre mim... E ele me contou sobre o futuro também.

— Que... Encrenca... Temporal! — ela gaguejou assustada e segurou um dos livros. O objeto brilhou um pouco, era *O Menino Maluquinho*, e de dentro saiu uma panela, que caiu no chão.

Gaspar teve que pedir desculpas quando o responsável pela biblioteca apareceu reclamando.

Depois, falou:

— A panela da cabeça do *Maluquinho*... você tirou.

— Aquele Edmundo fofoqueiro! — Melina rosnava de raiva, mesmo baixinho. — Que coisas do futuro o safado contou?

— Casamento, filhos, coisas desse tipo. — Gaspar estava mesmo era preocupado com a panela. Perguntou se Melina poderia colocá-la de volta, mas a garota ameaçou bater com ela na cabeça de Edmundo. — Ficar nervosa vai resolver a situação? Pense bem nisso.

Ele a impediu de sair com a panela em mãos.

— Não — Melina respondeu, seca, devolvendo a panela para ele. — Você não acredita no futuro que ele descreveu, acredita?

— Não sei dizer, mas toda vez que Edmundo chega perto de mim, sinto um cheiro de expectativas e esperanças futuras nele. É tentador me imaginar do jeito que ele descreve.

— Entendo... Bem, vou ter que acabar com nosso filho do futuro.

Gaspar tentou abraçar Melina.

— Achei o futuro bem promissor.

Queria chamar a atenção dela, e conseguiu. A panela caiu no chão. O coração de Melina palpitava tanto que ele sentiu. Sabia que era efeito da Poção Perfume, mas o olhar deleitoso dela em direção a ele o fez dar um sorriso contente. Nos olhos castanhos dela, Gaspar conseguiu ver o futuro descrito por Edmundo. Dentro dos olhos dela, ele viu tudo e gostou muito.

Os dois só se desgrudaram quando o responsável pela biblioteca apareceu novamente.

— Não tem medo dessa coisa toda de futuro? — Melina perguntou depois de respirar fundo.

— Na verdade, não. É natural crescer, envelhecer. O importante aqui não seria poder ser feliz em qualquer época?

— Não sei se estou pronta para tudo isso, não acho que eu vou conseguir. — Melina resolveu confessar de vez, mas a bochecha ficou vermelha e o coração bateu forte. Só podia ser a poção.

Ele era mais otimista e achou graça que ela tivesse ficado vermelha.

Melina deu um passo para trás, se afastando dele. Estava pronta para ir embora, mas Gaspar não podia deixar que ela saísse tão vermelha. Todos perceberiam. Assim, fez uma pergunta para obter uma verdade:

— Você não me odeia, não é?

Ele achava mesmo que não.

— Não.

As bochechas e o nariz dela voltaram ao normal.

Ele sorriu satisfeito e deixou que ela saísse da biblioteca com a panela na mão. Tempos mais tarde, alguém daria falta da panela na capa do livro.

Na saída do colégio, Gaspar se despediu de Edmundo e de Melina.

— Vou acompanhar vocês! — Alice apareceu de repente.

— Eu também vou com vocês... — Sofia não ia deixar Alice roubar sua nova amiga.

Melina nem desconfiou do interesse de Alice, que grudou no braço de Edmundo e não largou até que eles se despediram na porta da casa dos Crível.

— Até mais! — Edmundo acenou para as moças.

A porta da frente se abriu sozinha, e Melina puxou Edmundo para dentro.

— Nem dê bola para Alice — falou.

— Não mesmo, não tenho interesse nela — Edmundo comentou rindo e indo para cozinha.

Melina subiu as escadas devagar para não ser ouvida por Hugo, mas deu de cara com Constanza, que descia os degraus.

— O que houve, tia? — Melina imaginou que algo de ruim tinha acontecido pelo olhar furioso da mulher à sua frente.

— Você mexeu nos meus potes? O pote de Aroma de Leveza sumiu e as Algas de Transformação caíram no chão e se camuflaram no piso. Custou-me tanto pegar aquelas algas da parede da sala...

— E tio Cosmo, não desconfia dele? — Melina estava cansada de ser culpada por tudo.

— Não foi o tio Cosmo; lógico que só você apronta. — Hugo apareceu para opinar.

Melina mandou o irmão ficar calado. Os dois só não brigaram porque Constanza já estava certa da culpa de Melina.

— Por favor, eu não fiz nada! — a garota exclamou emburrada.

Edmundo saiu da cozinha e passou no meio da conversa entre Melina e a tia. Ele ia para o quarto tomar banho. A água não saía do chuveiro, mas corria pela parede. A Casa-Monstro borrifava para eles; Edmundo passou a mão na parede da casa pedindo educadamente por água morna. Seu pedido pareceu acatado quando a porta do banheiro abriu sozinha para ele entrar.

Hugo sentiu o quadro na parede esquentar e imaginou que a casa estivesse gerando água morna. Ele pensou que devia ser muito bom tomar um banho bem quentinho no frio, mas quadros não podiam se molhar, e tudo o que conseguia sentir era a parede esquentar atrás de sua pintura.

Tia Constanza puxou Melina para a cozinha.

— Olhe, estava aqui! — Apontou o espaço vazio.

— Eu não usei... — Constanza só acreditou ao ver que o rosto de Melina não estava vermelho. — Além do mais, em que me ajudaria pegar isso?

— Não sei! Talvez fosse fazer uma Poção Perfume para deixar sua mente mais leve.

— Tia, eu preciso é me livrar da Poção Perfume do Gostar! Como faço?

— Só amando de verdade. Fora isso, gostar desse rapaz pode te ajudar a ser mais compassiva e pensar mais nos outros. Acho que será bom ser mais responsável; você vai aprontar menos.

— Não quero aceitar tudo isso; não ainda, não agora e não com Gaspar.

Melina não estava nada feliz, mas as bochechas e o nariz ficaram vermelhos: ela mentia para si mesma.

— Viva as fases conforme for envelhecendo. Além disso, qual o problema em crescer, casar e ter filhos? Mesmo que isso não ocorra, qual o problema em crescer? Vai envelhecer mesmo que não queira, então aceite logo isso.

A tia não suportava mais aquele jeito de Melina, mas a sobrinha ignorou seu conselho; achava que sabia o que era melhor para si, e o melhor era não ter futuro com Gaspar.

— Eu não gostei de Edmundo ter contado todo o futuro a Gaspar. Não quero que ele saiba.

— Como Gaspar reagiu quando descobriu?

— Ele parece não se assustar, é estranho. Desde pequeno, nunca teve medo da magia.

— Por isso gosto desse garoto, pode saber que apoio seu casamento.

Tia Constanza estava gostando da ideia de ter Gaspar por perto.

— O importante é me livrar de Edmundo. Ele aqui é perigoso, até Gaspar sente o cheiro de expectativas exalando do futuro que ele carrega.

— A Poção Perfume que dei deveria ter servido para cobrir o cheiro mágico que ele exala.

Tia Constanza ia subir para falar com o sobrinho do futuro, mas Melina teve uma ideia.

— O que preciso é encontrar uma namorada para Gaspar.

— Não acha isso egoísmo de sua parte?

— Não.

Ela estava teimosamente decidida, mas suas bochechas avermelharam.

— Sinceramente, acho seu plano um horror. Caso você falhe e no futuro case com o Gaspar, vai me deixar ensinar mágica ao seu filho e às irmãs dele.

— Isso não vai acontecer, não vou casar.

Doeu no peito falar aquilo, e as bochechas continuavam vermelhas. Tia Constanza ia rir, mas fingiu não notar.

— Se casar, vai me deixar treinar seus filhos? — insistiu

— Por que quer tanto isso?

— Nunca ensinei alguém tão incrível quanto Edmundo. Quero ser sua tutora.

— Não garanto nada para a senhora, porque não gosto de Gaspar a ponto de me casar.

As bochechas continuavam dizendo o contrário.

— Veremos quem ganha essa aposta! — Constanza ajeitou o coque na cabeça sem conseguir esconder o sorriso de quem tinha certeza da vitória.

20. COSMO E AS CRIANÇAS

Cosmo tinha seus próprios problemas.

Do outro lado da rua, na casa amarela, vivia Ariane. Com dez anos e tentando ser a melhor *youtuber* do mundo, ela tinha um alvo: a casa da família Crível. Contava com a ajuda de seus dois amigos, Cauã, que filmava, e Guto, que editava os vídeos.

Ariane desvendava mistérios no canal *MisteriAne*.

— Aquele é um lugar mal-assombrado de verdade. Contam que à noite as janelas brilham como olhos assombrados, e que a porta rosna como uma boca cheia de dentes. É um lugar infernal, sem dúvida.

Guto era vizinho da família Crível e repetia o que ouvia os outros falarem da velha casa.

— Aquele lugar é imundo e deveria ser demolido.

Cauã também repetia o que ouvira a mãe falar certa vez. Ninguém daquela rua gostava muito da casa velha que em nada parecia combinar com as demais. Os mais velhos contavam histórias escabrosas do lugar. A rua se chamava Burguesa, e, para todos os moradores, a casa dos Crível era a mais incomum, feia e dispensável.

— Se conseguir filmar dentro da casa, aposto que conseguirei muitos seguidores. — Ariane não pensava em mais nada.

— Impossível! — Guto concluiu por conta própria que era uma ideia estúpida querer filmar lá dentro.

— Tem muita gente querendo saber o que há dentro daquela casa, e o canal irá descobrir! — falou Ariane.

Guto era contra, mas sabia que não seria ouvido. Afinal, era apenas o editor de vídeo: não podia impedir a filmagem.

Cauã lembrou de algo que parecia não ter sido discutido entre eles.

— Como planeja entrar naquela casa? Esqueceu o cão de guarda?

— Que cão de guarda? — Ariane não tinha pensado nisso.

— O velho Cosmo se mantém sempre de olho na casa. A sobrinha sai para o colégio toda manhã, a dona Constanza sai todo dia para entregar perfume, mas o velho Cosmo está sempre lá, como um fantasma.

— Vocês ainda querem entrar nessa casa? Eu não aprovo. Vai que ela é um tipo de monstro ou coisa assim... — Guto era medroso, mas bem esperto.

— O cão de guarda da família protege o lugar. — Cauã apertava os olhos se lembrando dos momentos terríveis que tinha passado com Cosmo.

Eis as lembranças que Cauã tinha:

Quando brincava de jogar futebol na rua, costumava usar o portão da casa dos Crível como gol. Foram muitas boladas para balançar a velha grade. Cosmo reclamou, zangado por ter que parar tudo o que fazia apenas para pegar a estúpida bola de futebol das crianças. Enquanto Cauã brincava depois de uma festa infantil, uma bola de assoprar caiu no quintal de Cosmo, e por sorte não estourou, pois iria acordar os Ticos.

— Criança brinca com qualquer coisa? — Cosmo não entendia como sempre havia algo novo nas brincadeiras dos pequenos.

Lançou a bola de assoprar pelo muro e as crianças vibraram ao vê-la planar pelo ar, mas o vento a jogou de novo para o quintal de Cosmo. O homem achou até graça. Para as pequenas crianças do outro lado do muro, parecia uma aventura divertida ter a bola indo e vindo. Foi em um saque de vôlei que Cosmo conseguiu força para a bola saltar o muro e partir para a mão das crianças.

Dias depois, Cauã chamou Cosmo no portão da frente.

— O que foi?

Tio Cosmo nunca tinha conversado pessoalmente com aquelas crianças. Cauã parecia o líder da trupe; junto com ele havia mais dois meninos, um menor que ele e outro do seu tamanho, Guto.

— Posso pegar a minha bola que caiu aí?

Cauã perguntou com certa malícia, e Cosmo desconfiou que o pequeno tinha jogado de propósito.

— Não precisa. — Ele viu a bola perto da porta da frente.

— Espere aí, velho!

Cauã o parou antes que pegasse o objeto.

— Quem é velho? — Cosmo bufou de raiva pela ousadia do pequeno.

— Não sei seu nome e temos que admitir que é mais velho que eu — o menino respondeu, cruzando os braços. Era uma criança pequena, mas se achava um adulto.

— Pode me chamar *senhor Cosmo*.

— Se é *senhor*, então é mais velho que eu. Por isso prefiro chamá-lo de velho Cosmo.

— Veja bem! — Cosmo continha a própria raiva — Por respeito a mim, deve me chamar de *senhor*.

— Veja bem! — Cauã imitou sua forma de falar. — Se eu fosse falso, te chamaria de *senhor* na sua frente e de *velho* por trás, mas minha mãe jamais aceitaria tamanha falsidade. Prefiro ser verdadeiro e chamá-lo na sua frente.

— Por que veio aqui me irritar?

— Eu só vim aqui pegar minha bola de futebol.

— Eu pego a bola, e você nunca mais brinca perto da minha casa.

— Posso eu mesmo entrar e pegar?

O menino queria muito entrar na casa. Não que não tivesse medo, mas Gaspar tinha a fama de nunca se assustar facilmente, Cauã achava que deveria provar que podia ser como o irmão.

— Não quero que entre aqui. Se quisesse, eu mesmo convidaria você — Cosmo falou um tanto mais rude.

— Quem disse que quero ser bem-vindo na sua casa? — o pequeno ousado respondeu na lata

Cosmo pegou a bola e a entregou a Cauã, que percebeu que ela estava diferente.

— É a mesma, mas parece nova. — O menino não entendeu nada.

— O tempo na grama a rejuvenesceu — Cosmo falou trancando o portão. — Não me importa que brinque e se divirta na rua, mas nunca entre nesta casa.

— Então estou proibido?

O que existia em Cauã era um grãozinho da bisbilhotice, e isso o impediu de aceitar a advertência de Cosmo.

— Estão todos vocês proibidos de continuar perturbando, ou falarei com seus pais.

Cauã fingiu consentir, mas se negava avidamente a perder a chance de descobrir os mistérios daquela casa.

— Um dia eu vou descobrir e nada vai me deixar mais satisfeito.

Pobre tolo.

21. TIMACO III

O grupo Timaco estava preso em cima da casa de alguém. Foi Tivam quem escolheu aquela casa como um bom lugar para pousar. Achou que lá fosse o Morro de São Paulo, viu água na piscina e muito verde no quintal. No telhado, o tapete se recusava a levantar voo. O tempo não estava propício e fazia certo frio.

— Será que o motor do tapete pifou? — Conde ajeitava sua toga porque o vento tinha tirado tudo do lugar.

Enquanto isso, as outras pelúcias procuravam uma forma de descer do telhado.

— Devemos ter ido muito longe e o Morro de São Paulo parece menor do que na foto. Vamos achar, vamos descobrir mais sobre esse lugar. Que aventura! — Tivam não tinha noção de distância e ainda era o mais otimista ali.

— Devemos checar para ter certeza — Mardoqueu falou, observando tudo ao redor. Não achava nada muito parecido com o destino que buscavam.

As pelúcias decidiram que o melhor a fazer era mesmo descer. Pousaram sobre uma sacada de madeira. Acabaram caindo dentro de uma janela e longe da sacada planejada. Ficariam chateados caso Mardoqueu não tivesse avistado uma prateleira de muitas pelúcias e bonecas; aquele era o paraíso para ele.

– Estamos em um quarto de menina!

O lugar era grande. Possuía uma cama enorme e prateleiras espaçosas. A janela era duas vezes maior que a do quarto de Melina.

– Aqui não é o Morro de São Paulo! – Tivam se irritou. Não havia nem mesmo um mar dentro daquele quarto grande e rosa.

Mardoqueu correu para a prateleira e subiu em uma escrivaninha.

– Daqui consigo avistar as bonecas.

– Não derrube nada. – Tivam não queria chamar atenção dos moradores daquele quarto.

Mardoqueu tinha visto apenas uma pizza do lado do computador. Com cuidado, foi saltando o quanto pôde, subindo pelo abajur até alcançar a prateleira. Ficou pendurado pela pata branca de urso, incapaz de subir muito. Uma linha de sua pelúcia ficou presa à madeira.

Tivam e Conde escondiam o tapete debaixo da cama e estavam resolvidos a esperar o tempo melhorar antes de partir em um novo voo.

– Aqui passaremos um tempinho.

Conde se ajeitava sob a cama, recostando o corpo no tapete. Tivam saiu pelo quarto para conhecer o lugar e Mardoqueu ficou pendurado na prateleira até que a Alga de Transformação caiu de sua blusa rosa. Ela foi parar direto na pizza que estava em cima da escrivaninha. Mardoqueu não viu quando a alga caiu. Ela deslizou no ar e pousou em um tomate; se entrelaçou nele e ficou camuflada.

Sem conseguir subir, Mardoqueu puxou a perna de uma ursinha, a derrubando junto com uma boneca no chão. Vendo que tinha machucado dois belos espécimes, conseguiu se soltar sem desfiar e caiu em cima da mesa. Ia pedir desculpa à ursinha e à boneca quando a porta do quarto abriu.

Quem entrou foi Giovana, meio zangada e falando alto com o celular no ouvido.

– Vou terminar de fazer algumas coisas aqui e encontro meu irmão na livraria, porque preciso dele para estudar. Se quiser, venha comigo. Odeio ter de estudar.

Sentando na escrivaninha, ela comeu a pizza que havia deixado apenas por um minutinho. Desfrutou de tudo sem nem notar algo diferente no quarto, até que viu a ursa e a boneca no chão.

– O que fazem aí? – perguntou enquanto colocava os objetos de volta na prateleira.

Giovana tinha comido toda a pizza e, consequentemente, a alga junto. Não percebeu que, depois de um tempo, ficou menor. O celular foi ao chão, os móveis ficaram longe e a escrivaninha estava bem maior que antes. Só foi perceber que tinha se transformado em alguma coisa quando suas mãos de plástico tocaram o rosto. Achou que dormia e sonhava, mas tudo piorou quando um tigre gordinho de olhos vivos perguntou:

– Como você pode se transformar sem a pulseira?

Assustada, Giovana desmaiou.

Não se deve comer de barriga cheia, era o que ela ouvia de sua avó às vezes. Nunca imaginou que fizesse mal sonhar acordada e de barriga cheia. Quando despertou, estava debaixo da própria cama e em cima do tapete. Era observada por três pelúcias.

– Acordou! – Conde exclamou contente.

– Como ela virou boneca? – Tivam ainda não entendia.

Mardoqueu, que até então nem tinha pensado nessa possibilidade, percebeu que a alga não estava mais em sua blusa.

— A culpa foi minha — assumiu, abaixando a cabeça.

Os olhos de Giovana observavam tudo, mas logo se fecharam de novo.

— Desmaiou mais uma vez! — Conde achou aquilo muito chato.

— Ela precisa voltar ao normal antes de acordar. — Tivam estava preocupado.

— Como vamos ajudar sem a Melina? — Mardoqueu sabia que seria impossível.

O grupo Timaco estava encrencado e tinha armado uma baita confusão. Tivam não fazia ideia do que poderia acontecer caso ela demorasse muito como boneca.

— Alguém tem que voltar e avisar Melina — ele concluiu.

— Quem? — perguntaram Conde e Mardoqueu.

Elegeram o mais leve, para que o tapete, mesmo fraco, pudesse fazer a jornada de volta: Tivam. Ele aceitou seu destino.

22. LIVROS

Melina foi à livraria onde Gaspar trabalhava. Enganava a si mesma dizendo que ia apenas buscar uma moça que pudesse tomar seu lugar no destino que ela já tinha recusado; não ia casar ou aceitar Gaspar em sua vida. A juventude é um tanto ignorante quando se trata do *depois*. Quando rejeitamos o que deve ser, é porque não aceitamos o que somos.

Na livraria, livros usados serviam de alimento para leitores vorazes que por vezes iam comprar exemplares novos e terminavam alugando livros velhos. Era com isso que Gaspar trabalhava. O lugar era bonitinho, tinha algumas plantas suspensas em frente a uma enorme janela de vidro que iluminava poltronas de leitura.

Melina sentou depois de pegar o livro infantil *Tampinha*, da autora mineira Ângela Lago. Abriu na primeira página. Achou interessantes as linhas iniciais, e só parou de ler quando ouviu a voz barítono de Gaspar não muito longe dali. Seu coração tratou de chamar a atenção de todo o resto do corpo, que em resposta àquela voz levou seus olhos a admirá-lo.

Gaspar estava falando com uma moça bonita que devia ter a idade deles. Não estudava no mesmo colégio e tinha se preparado para estar ali: usava um lindo vestido, tinha um belo cabelo negro amarrado com uma delicada trancinha de lado, brilho labial e maquiagem suave. Conversava de forma muito confortável.

– Giovana disse que vinha me encontrar para estudar, mas não chegou ainda – disse ela.

– Você marcou hora? – perguntou Gaspar.

– Falamos pelo celular há meia hora. Ela estava comendo pizza quando me ligou.

– Por isso vai atrasar. Se minha mãe a pegou comendo pizza, é provável que ela acabe estudando em casa.

– Não tem problema. Eu preciso desse reforço a qualquer custo.

A menina estava ali para uma aula particular com Gaspar. Logo viriam as provas de recuperação.

Melina sentiu certo desconforto em ter aquela garota por perto, e percebeu que seu coração estava com ciúmes. Quem diria que a Poção Perfume do Gostar podia acabar fazendo desgostar de algo. Ela tentava controlar o sentimento e chegou a apertar o peito. Tudo ficou ainda pior quando Gaspar parou na frente dela.

– É a primeira vez que vem aqui.

Ele ficou tão contente em vê-la. Melina pensou em responder: "Percebeu agora que estou aqui? Cheguei faz tempo!", mas, o peito a fez suspirar, e o que respondeu foi:

– É...

O resultado foi um sorriso simpático vindo dele.

– Fico feliz em te ver aqui! – Ele estava mesmo contente, mas ficou assustado quando viu Melina apertar o livro *Tampinha* com a mão que estava a pulseira.

— Melina! Se a Tampinha sair da capa do livro, vai ser difícil pegar por causa do tamanho, e acho que não vou poder levá-la para casa.

Ela respirou fundo quando Gaspar segurou suas mãos. Ele se despediu dela e voltou a ensinar a moça. Melina prestava atenção neles. Para a menina presente, aquele era mais um momento de paquera. Paquera era um jogo divertido, mas, para se obter a vitória, era necessário que duas pessoas jogassem.

Infelizmente para a mocinha do lado de Gaspar, e felizmente para Melina, ele não estava participando da partida, e nenhum dos movimentos dela foi sequer percebido.

No cantinho, com o livro em mãos, Melina sentiu certa raiva por estar sendo tão driblada pela poção presa no seu peito a ponto de detestar a sensação de não querer dividir Gaspar com mais ninguém. Chegou a se beliscar, mas isso a deixou muito brava, e ela apertou um pouco mais o livro com a mão; o resultado foi que a pimenta-malagueta saiu. Melina espirrou forte e caiu de costas com a cadeira. Acabou ficando de pernas para o ar.

— Você está bem? — Gaspar correu em seu auxílio. Pensou que talvez a onça tivesse saído de dentro do livro, mas se tranquilizou ao ver que era apenas a pimenta.

— Não estou nada bem... — Melina se envergonhou muito.

— Alguma coisa a incomoda? — Gaspar perguntou olhando para os lados. Queria saber se estavam correndo algum risco.

— *Você* me incomoda.

— Eu?

Ele nem tinha falado muito com ela. Foi então que percebeu que talvez ela estivesse um pouco chateada pela conversa no colégio.

— Eu estava querendo alugar esse livro e você estava ocupado demais para me receber.

Melina demostrou estar chateada pelo atendimento na livraria, o que para ele pareceu um problema bem mais fácil de lidar.

— Sinto muito. Não trabalho hoje, estou apenas fazendo um favor e ajudando uma amiga. — A gentileza não era programada. Será que toda aquela conversa era apenas coisa de amigos?

Melina sentiu um nó enroscar no peito e ficou com falta de ar.

Gaspar a amparou, mas ela disse que precisava apenas sentar.

A menina de cabelos escuros levou até Melina um frasquinho de hortelã. Sugeriu que seria bom para passar no corpo caso ela quisesse.

— Não precisa, estou melhor — Melina respondeu zangada com a menina e consigo mesma.

— Ainda pode alugar o livro — falou Gaspar. — Se quiser, eu ajudo.

— Eu vou levar — Melina respondeu ainda brava, mas achava que, alugando aquela obra, talvez pudesse arrumar uma desculpa para voltar mais tarde para devolver.

Aquilo tudo era culpa de uma poção que a fazia gostar aos poucos de alguém que ela nunca iria amar. Cedo ou tarde, terminaria domada por outro perfume.

23. TRANSFORMAÇÃO

Melina foi para casa envergonhada e com o livro em mãos. Recolocou a pimenta-malagueta dentro dele; planejava terminar a leitura e quem sabe relaxar depois. Quando chegou, seu tio saía saltitante da cozinha:

— Aonde você foi? — perguntou, segurando um pequeno Tico.

— Ele brotou! — Melina correu para alisar aquela coisinha peluda de olhos grandes.

— Colhi apenas este, era o único maduro.

O Tico recém-colhido era diferente dos antigos de que Melina se lembrava. Ele possuía um longo rabo que parecia um cipó de árvores, e na ponta havia um pompom verde e peludo. Até então, nenhum dos Ticos possuía aquele rabinho, mas dessa vez a plantação demorou tantos anos que resultou em Ticos mais fortes e diferentes.

— Essa safra é nobre e não costuma sair comendo tudo, diferente das que eu tive antes. O alimento deles consiste apenas em raízes.

Tio Cosmo estava feliz. Desde que Hugo tinha ido parar no quadro, não era tutor de ninguém. Nunca ia admitir, mas sentia falta de ter uma criança por perto para ensinar o seu dom.

— As raízes tuberosas são da batata-doce, beterraba, nabo, cenoura ou mandioca. Sempre que eles estiverem com fome, dê alguma delas.

— Como saber quando eles estão com fome?

Os Ticos da época que ela era criança comiam tudo que tivesse cheiro bom, mas estes eram bem diferentes.

— Quando sentirem, suas caudas ficam secas. O verde fica marrom e então murcha.

— Sei, sei. Mas o senhor não os deixará com fome.

Melina subiu as escadas e encontrou Edmundo na janela do quarto conversando com Tivam.

— O que faz no meu quarto, rapazinho?

Edmundo dividia o quarto com Cosmo.

— Eu sinto muito, senhora mãe. Mas essa pelúcia estava quase devorando um besouro de luz. Eu tive que tirar de dentro da boca dele, e o besouro está meio mal. — Edmundo apontou para a cama de Melina. O besouro repousava.

— Seu tigre sem vergonha! Não posso mesmo confiar em você.

— Existem tantos desse na casa — resmungou o tigre, descontente.

Tivam achava que merecia pelo menos um dos besouros.

— Não coma nenhum deles, ou vou te fazer virar peso de porta — Edmundo ameaçou. — Encontrei o Tivam planando do lado de fora da janela em cima de um velho tapete.

Edmundo apontou para o lado da cama onde estava encostado o tapete de fibra sintética que era mesmo velho, mas nunca tinha planando.

— O que você aprontou dessa vez? — Quis saber Melina.

— Por que está me ameaçando? Já basta o seu filho fazendo isso!

Tivam contou tudo o que aprontou. Pensou que, se Melina sacudisse sua pulseira, ele viraria uma pelúcia lascada.

— O que vamos fazer agora? — perguntou por fim.

Pela descrição de Tivam, Melina imaginou que a casa em que eles foram era a de Gaspar. Afinal, era o lugar mais chique da rua; por certo, a menina transformada era Giovana. Melina estava preocupada. A família de Gaspar faria uma tremenda confusão com um suposto desaparecimento da filha.

— Por que não se transforma na tia Giovana e vai na casa dela? Você a salva e volta com as outras duas pelúcias travessas. — Edmundo tinha um sorriso meio sem vergonha no rosto e parecia saber mais do que contava.

— Mas isso me colocaria junto com a família de Gaspar. E se me descobrirem?

— Com o rosto e corpo de tia Giovana, eles não vão descobrir.

— E tia Constanza? Se ela descobre, estou frita e torrada.

— O que tem ela? Até onde sei, em toda a família a senhora é a que melhor usa essas Algas de Transformação. A tia Constanza te ensinou muito bem. A senhora até ajuda meu melhor amigo com a tutoria de transformação.

— Eu? Uma tutora para seu melhor amigo?

Ela achou aquilo tão idiota. Por que ia querer ser tutora de alguém que nem era da família dela? Aquela era uma grande responsabilidade, e Melina não queria.

— Lino Tutear é o nome do meu melhor amigo. Ele pode se transformar em muitas coisas, mesmo sem o uso das algas. A senhora tutoreia ele.

— Não me importa seu futuro ou mesmo o seu tempo. Eu quero resolver as coisas agora!

— Eu posso pegar as algas. Coloque sua pulseira para funcionar, porque precisa fazer a tia Giovana aparecer antes que a família Gracos chame a polícia.

Ele tinha razão.

— Não diga nada sobre isso para Hugo.

Edmundo desceu as escadas a fim pegar as algas. Tivam se oferecia para ir junto e mostrar o caminho da casa.

— Não precisa, sei onde é.

— E eu? — perguntou, escondendo os olhos brilhantes com as duas patinhas.

— Fique aqui e esqueça o Morro de São Paulo por um tempo, seu encrenqueiro.

Edmundo chegou minutos depois com a alga em mãos. Melina a engoliu e seu corpo foi tomado por um tipo mágico de tule de seda que a envolvia e sufocava. Ela foi coberta como uma obra de arte, uma estátua de gesso pronta para ser esculpida.

O corpo se moldava debaixo do tule: pé, perna, quadril, ombros. Ossos estalando, se quebrando e se refazendo no seu corpo, e em pouco tempo um novo rosto e corpo surgiram. Finalizado o trabalho, o tule ficou invisível, e uma cópia de Giovana surgiu.

Edmundo aplaudiu.

Melina se achava pronta para sair de casa e ir atrás da verdadeira Giovana.

— Espera! — o filho a interrompeu.

— A senhora mãe tem que esconder a pulseira.

Melina sacudiu o objeto, então ele ficou oculto.

— Tudo pronto? — ela perguntou.

– Se você descer pela escada, o tio Hugo vai dar de cara com a Giovana.

– Como vou fazer?

Edmundo pensou um pouco. Por fim, falou:

– Eu resolvo isso. Espere o sinal; vou bater na porta do quarto quando a senhora mãe puder sair... Até lá, fique aqui esperando.

Ela só precisava aguardar com a porta fechada.

24. NA CASA DE GASPAR

Edmundo foi pegar o quadro de Hugo com a desculpa de que precisava dele para escolher novas roupas. No quarto de Constanza havia um guarda-roupa mágico de madeira. Atrás de suas portas habitava um homem de cabelo de cetim e corpo feito de terno de lã fria. Junto dele, uma mulher de cabelo de linho e belo corpo em forma de vestido, feito de musseline.

O homem era o alfaiate e a mulher, a costureira. Ambos faziam as mais rápidas, caras e belas roupas por encomenda. Foram eles que fizeram as roupas de Edmundo, inclusive o uniforme da escola de Melina, tudo em um costurar mágico.

— Preciso da sua ajuda porque estou em desacordo com o alfaiate e a costureira. Eles são um casal maravilhoso, mas não têm muita organização em relação às roupas.

Hugo, que se sentiu importante ao ser lembrado, saiu da parede, feliz. Edmundo fez um enorme esforço para tirar o quadro dali. Era pesado para ele, mas sacudir a pulseira o deixou mais forte. Passou rápido pelo quarto de Constanza e deu uma batidinha no quarto de Melina, que saiu de lá aliviada.

Cosmo olhava a plantação dos Ticos, distraído. Ela desceu apressada, mas a porta da Casa-Monstro quase não abriu para Melina, então teve que conversar com a maçaneta e dar a ela uma chave de fenda, que foi mastigada com alegria. Mesmo assim, a porta não se abriu.

— O que houve? — Melina não entendeu: o suborno já estava pago.

A Casa-Monstro estava com dor de dente, e o teto escamado deu uma sacudida acima da cabeça dela. Havia uma bola presa ali.

— Silêncio! — Melina não podia deixar a casa fazer mais barulho. — Eu pego essa bola se você me prometer abrir a porta.

A maçaneta balançou para cima e para baixo em concordância. Melina não sabia bem como subir até o telhado.

— Sem o pote de leveza, não posso ficar leve o suficiente para subir até sua escama — Melina falava baixinho e apontava para o teto. Na mesma hora, o chão onde ela estava se ergueu. Ela teve que se equilibrar para não cair. Era como se o braço da Casa-Monstro a erguesse no ar até as escamas no teto.

— Eu vou pegar, vou pegar.

Melina se esticou. As escamas se mexeram, passando a bola de um lado para o outro até que conseguisse pegá-la. O chão desceu devagar e Melina viu a porta se abrir para que pudesse passar.

Enquanto andava, Melina treinava formas convincentes de imitar Giovana. Quando se deu conta, estava em frente à casa de Gaspar. Ia tocar a campainha, mas desistiu. Fez birra, chutou a parede e se lamentou por ter entrado naquele plano idiota.

— Minha bola.

Atrás dela estava Cauã, sem camisa e todo sujo. Pegou a bola da mão de Melina.

— Você jogou na casa dos Crível? — Ela quis saber.

— Caiu em cima da casa velha deles. Como pegou de volta?

— Eu deveria... Você fez a casa ficar com dor.

— Ficou perturbada de tanto estudar? — Cauã caçoou.

Melina não aguentou e ia correr atrás dele, mas o garoto percebeu que ia levar um tapa e saiu depressa até avistar Gaspar atravessando a rua. Cauã virou e correu, passando por Melina em uma velocidade assustadora.

Melina, cansada, se apoiou nos joelhos.

— Andou brigando com Cauã?

O descanso demorou tempo suficiente para Gaspar tocar o ombro dela.

A pobre Melina deu um salto e foi parar na porta de uma casinha.

— Quer quebrar a porta? — Gaspar ajudou Melina a se levantar.

Em seguida, levou a *irmã* para casa.

— Por que não foi para a livraria hoje? — perguntou enquanto caminhavam.

— Bem... — Melina, que planejava ser sincera, torcia para que ele não perguntasse nada muito pessoal, ou ela ia estar em sérios problemas.

— Liliane ficou te esperando.

Liliane era a menina de vestido e cabelos negros a quem ele deu atenção na livraria.

— Ficou mesmo esperando... — concordou, forçando um sorriso.

— Melina estava lá também.

Era de se notar que ele estava surpreso.

Melina achou que Giovana fosse ignorar aquela informação e por isso não acrescentou nada, mas ficou bem feliz em poder ouvir falar sobre ela. Cauã abriu a porta para Gaspar, que foi logo reclamando do irmão caçula.

A garota não quis se meter, mas Cauã mudou de assunto contando uma novidade:

— Viu o vídeo novo do canal da Ariane? Eu filmei!

Ele levava essa informação com entusiasmo e como meio de fazer o irmão esquecer que o tinha visto correndo pela rua.

— O que tem de novo? — Gaspar pareceu interessado, e Melina foi puxada por Cauã para ver o vídeo também.

— Hoje eu peguei um OVNI voando pela cidade e ele foi direto para a casa da família Crível. Se tivesse um drone, teria pegado o OVNI. Por isso peço todo ano um de presente de aniversário.

Melina tremeu ao ver o vídeo. A cena mostrava seu tapete no ar com Tivam. Parecia um pano velho levado pelo vento.

— É montagem! — deduziu Gaspar.

— Não é... É um OVNI e foi para a casa velha da maluca família Crível — Cauã insistiu.

Melina resolveu se pronunciar:

— Não deveria sair filmando sem permissão.

Gaspar riu da sugestão dela, até porque nunca tinha visto Giovana interessada nos vídeos de Cauã.

— Pode parecer um tapete no ar, mas é um OVNI — Cauã se defendeu.

— Certo! Certo! — Gaspar achou que deveria terminar aquela discussão o quanto antes. — Não é hora de falar disso, seja lá o que for.

Finalizou alisando o cabelo de Melina, que achou que teria um piripaque. Ela afastou a mão de Gaspar antes que morresse de emoção.

— Como sempre, a doçura em pessoa.

Até aquele momento, sua imitação estava muito boa. No entanto, quando entrou em casa, nem sabia onde era o quarto da verdadeira Giovana, então se sentou no sofá. Gaspar foi para um canto e Cauã para o outro, enquanto Melina imaginava como ia achar o aposento sem ficar abrindo todas as portas.

Quando por fim descobriu um meio, a mãe deles chegou.

Melina estava pronta para sair discretamente quando a mulher a chamou.

— Foi estudar na livraria com seu irmão? — perguntou, encarando Melina.

— Eu...

Ela não sabia como deveria responder. A demora irritou a mãe.

— Suas notas estão péssimas. Eu e seu pai falamos sobre isso antes. Se não melhorar, vai ter que mudar de colégio. Não vamos gastar dinheiro em uma escola tão cara enquanto você nem estuda.

— Sinto muito...

— Pensei que ia se esforçar mais, mesmo depois de permitir que seus amigos venham aqui.

— Amanhã? — Melina ficou preocupada.

— Amanhã é sábado. Esqueceu que você pediu para seus amigos virem?

— Eu vou ensinar a Giovana hoje, a senhora não precisa se preocupar. — Gaspar se meteu na conversa e levou a falsa Giovana para o quarto. Ela nem precisou efetuar seu plano, que consistia em chamar um dos irmãos e pedir que fossem matar um bicho que havia parecido.

Aquele seria um fim de semana complicado para Melina, mas outro fim de semana bem maluco esperava por ela em um futuro próximo.

25. ESTUDOS

— Vai ficar tudo bem! Precisa estudar comigo hoje. Vamos repassar os assuntos.

Gaspar parecia otimista e Melina ainda estava preocupada com o dia seguinte. Era naquele quarto, segundo Tivam, que estavam as pelúcias e Giovana, mas Melina não conseguia ver onde, porque Gaspar não a deixava sozinha.

Passariam o fim da tarde e o resto da noite estudando. Cauã saiu do quarto e, minutos depois, voltou segurando alguns papéis.

— Que desenhos feios! — resmungou jogando os papéis sobre a escrivaninha onde Gaspar corrigia o dever da suposta irmã.

Melina viu as folhas de papel lançadas. Eram desenhos muito bonitos e coloridos. Todos mostravam a própria menina quando criança. Gaspar a desenhou com os olhos grandes e brilhantes. Os cabelos pareciam tão bonitos... Era Melina aos olhos dele, mágica e esplêndida. Em um dos desenhos, ela estava voando no teto da escola. Em outro, estava em cima de uma carteira que trotava como cavalo.

— Por que pegou esses desenhos? — Gaspar recolheu calmamente todas as folhas que o irmão caçula jogou.

— Não vejo sentido em desenhar sempre essa menina de cabelo espinhoso.

— Como assim cabelo espinhoso? — Melina se controlou para não bater no moleque, mas acabou sendo contida por Gaspar, que mandou Cauã levar os papéis de volta ao lugar em que estavam antes.

— Para que eram aqueles desenhos? — Melina perguntou depois de Cauã sair.

— Esqueceu que vou participar do concurso de ilustração?

Ela nem sabia que ele desenhava, e muito menos que concorria em concursos.

— Por que desenhou a Melina? — Ela ficou tocada.

— Porque eu quis — respondeu, dando um sorriso sereno e bagunçando o cabelo dela. — Agora vamos estudar.

Foi difícil se concentrar. Ela ficou sorrindo, boba, mas pensou que talvez estudar pudesse ajudar no seu disfarce e fazê-la pensar menos nos desenhos e em Gaspar.

Que deliciosa pessoa ele era.

Os estudos terminaram tarde, Gaspar saiu cansado do quarto e ela trancou a porta em seguida. Saiu em busca da verdadeira Giovana, andando de quatro pelo chão, chamando as pelúcias.

— Conde! Mardoqueu! Sou eu.

— Eu disse que era a Melina; a pulseira é dela.

Conde foi o primeiro a aparecer. Saiu de debaixo da cama seguido por Mardoqueu.

— Cadê a Giovana?

— Ela... Caiu!

Depois de falar, Conde se escondeu novamente. O outro o seguiu. Mas Melina foi esperta e, com apenas uma mão, puxou eles de volta.

— Caiu onde?

A história que se seguiu foi: Mardoqueu pediu para subir na janela, pois queria esperar Tivam. Conde concordou e resolveram levar Giovana desmaiada, mas quando chegou à janela, Mardoqueu mostrou sua verdadeira intenção e pulou na mesinha que ficava ao lado da escrivaninha. Ele subiu para a prateleira. Conde não esperava que Giovana despertasse e no susto caísse da janela.

— Vocês a deixaram cair? — Melina estava uma fera. — Tratem de procurá-la.

— É noite! Deixe amanhecer, pelo menos — implorou Conde. — Como podemos trazê-la até aqui? Ela é pequenininha, eu sei, mas como fazer isso sem que nenhuma criatura comum veja?

Melina pensou um pouco antes de derrubar as duas pelúcias janela abaixo, e lembrou de algo que havia lido em um livro nacional; uma mágica brasileira.

— No livro, a Tampinha era tão pequenina que voava quando espirrava. Como aqui não há o Grão do Só Espirro por perto, a pimenta-malagueta vai ajudar como ajudou Tampinha. Vocês vão usar isso para voltar ao quarto.

— Quem escreveu o livro foi uma pessoa incrível? — Conde queria saber

— Sim, e por certo espero que consiga usar a energia incrível dela para este momento.

Melina deu uma sacudida na pulseira, e um colar de pimenta-malagueta surgiu na palma de sua mão. Ela colocou ao redor do pescoço de Conde porque o achava mais responsável que Mardoqueu.

— Encontrem Giovana, a agarrem, espirrem e tragam ela de volta. Amanhã mesmo eu quero estar livre desta aparência.

— Posso ler o livro da Tampinha? — perguntou Conde.

— Depois falamos disso — Melina respondeu agoniada.

Conde e Mardoqueu foram lançados janela abaixo e Melina foi dormir.

26. GIRO

Melina deitou e dormiu na cama de Giovana. O tempo estudando com Gaspar cansou sua vista, e além de tudo tinha de se concentrar. O caso não era simples: o tule mágico apertava o corpo e sua pele começava a coçar. Além disso, ter Gaspar por perto estava se tornando agradável. Melina soava incomodada por ter esse encanto dominando sua emoção; era enfadonho gostar tanto de alguém. Que terrível habitar um corpo preenchido por um *gostar*, mesmo que apenas dos detalhes. Sentia-se em luta consigo mesma. Logo, não almejaria mais nada a não ser gostar de Gaspar.

Acordou às dez. Sentia-se um tanto estranha e se revirava na cama. Levantou e notou que estava apertada por dentro; o tule mágico era muito desconfortável.

— Abre a porta!

Cauã batia. Melina demorou a conseguir ficar de pé.

— Quem é? — perguntou, zangada.

— Ainda está assim? Seus amigos já chegaram — questionou quando viu a *irmã*.

Maldito tule mágico! Por causa dele acabou dormindo mais do que o previsto. Cauã a apressou novamente. Depois que ele foi embora, bateram de novo na porta do quarto. Dessa vez Melina deu de cara com Liliane de biquíni; a garota da livraria estava na casa de Gaspar.

— Por que está pelada?

Melina puxou o forro da cama e cobriu Liliane, que estranhou.

— Está tudo bem contigo?

— Eu... Tô... Você é que pirou em visitar a casa das pessoas seminua.

Liliane colocou o forro de volta na cama e riu pensando que Giovana estivesse brincando.

— Estou de biquíni para a festa na piscina. Além do mais, eu o comprei no mesmo dia que você comprou o seu. Eles são iguais. Vamos aproveitar que hoje está fazendo sol.

Não era um biquíni vulgar nem nada, era bem retrô e até bonitinho. Então era uma festa de piscina? Melina ficou preocupada. Como ia controlar o tule mágico usando apenas roupas de banho? Caso ficasse muito tensa e o tule caísse, o corpo de Giovana ia virar uma pelanca velha. Seria descoberta. Ficou pessimista e quase desistiu de participar da festa da piscina, mas Liliane não ia deixá-la de fora.

— Por que você não se arrumou ainda? Eu te falei que hoje vem um carinha muito gato. Foi minha irmã quem convidou.

Melina ficou de boca aberta, aquelas eram meninas bem sabidas. Demorou a achar o biquíni de Giovana, mas conseguiu encontrar no guarda-roupa depois de fazer uma bagunça terrível nas peças. Melina foi se trocar no banheiro do corredor.

O tule mágico coçava quando ela perdia a concentração e parecia mais apertado em algumas partes, o que talvez tenha deixado aquele corpo um tanto mais magro que o verdadeiro.

— Ainda sou novata. — Se olhou no espelho do banheiro e confirmou suas suspeitas.

Liliane a esperava no corredor com o celular em mãos. Ficou espantada ao ver a amiga sair magrinha do cômodo.

— Menina, você adoeceu?

Parece que só Liliane notou essa queda de peso repentina da falsa Giovana, pois ninguém mais comentou. No quintal, Gaspar lia alguma coisa à sombra de uma árvore. Era o responsável pela casa, visto que os pais estavam trabalhando. Melina não fazia ideia de como se portar. Chegou a ver Sofia entre os convidados; a amiga estava toda bonitinha, mas meio dispersa e sozinha em um canto da piscina. Estava linda de biquíni rosa, mas tão solitária que Melina quase foi falar com ela. Só não fez isso porque, do outro lado da piscina, sentado em uma espreguiçadeira com Alice, estava...

— Edmundo!

Lá estava o filho do futuro, feito imperador romano, dominando o ambiente e sendo servido de carícias. Ao seu lado esquerdo, a irmã caçula de Liliane e, do lado direito, Alice. As duas riam e o paparicavam. Em outra espreguiçadeira, perto de Edmundo, estava um colega de Giovana. Tinha olhos fechados e bigode de suor; trazia as mãos cruzadas formando um X sobre o peito.

— Por que ele veio?

Melina ficou confusa ao ver Edmundo ali.

— Menina, é com ele que quero te armar.

— Eca! — Melina fez uma expressão de nojo. Aquele era o futuro sobrinho de Giovana. — Por que eu ia querer isso? Que nojento!

Melina parecia ter chupado limão. Demorou alguns segundos com aquela expressão na face até ajeitar o tule em uma mexida leve no rosto. Estava mesmo quase desconcentrada, e por pouco não ficou marcada com uma careta. Liliane, por outro lado, tinha olhos apenas para Gaspar, que lia seu livro, leve, livre e relaxado. Cauã estava no quarto jogando videogame e de lá não pretendia sair. Liliane resolveu explicar o "esquema" para a amiga, e Melina esperou que ela terminasse de falar.

– O plano é você e Edmundo, eu e Gaspar, Alice, a chata, com o garoto estranho que convidei. Minha irmã e Sofia ficam de molho, afinal Sofia já é bonita demais e pode arranjar quem ela quiser depois.

– Hoje não vai ter esquema! – Melina atrapalhou a ideia. Chateada, saiu de perto de Liliane e parou em frente à espreguiçadeira de Edmundo.

– Que rapaz levado você é! – berrou. As meninas ao lado de Edmundo ficaram espantadas com aquela expressão no rosto dela.

– Você está bem? – Alice cogitou a possibilidade de Giovana estar passando mal.

– Fique fora disso, Alice.

O tom de reclamação de Melina foi ouvido por Gaspar mesmo do outro lado da piscina. Ele não podia deixar a suposta irmã brigar, e por isso foi até ela para tentar controlar a situação.

– Não devia se desconcentrar.

Edmundo se levantou da espreguiçadeira, e Melina, brava, voltou a reclamar. Gaspar chegou perto, e como ele não podia deixar acontecer uma briga, a puxou pela mão. Melina não queria ir com ele sem antes reclamar com o filho do futuro. Jogou no ar o livro que Gaspar segurava. A pulseira mágica já era visível em seu pulso desde o momento em que tinha começado a se desconcentrar.

No vento, o livro brilhou como o sol de meio-dia. Em seguida, houve um som alto de *kabum*. Caiu sobre a água um polvo marinho que mais parecia uma ilustração de livro infantil.

– Encrenca temporal! – Edmundo exclamou, olhando Melina.

Todos saíram correndo no *kabum*.

O problema era que, durante a correria, Sofia foi empurrada na piscina e Edmundo correu para socorrê-la. Melina não chegou a ver a cena, mas a pulseira do filho do futuro congelou Sofia bem no momento da queda. Antes de cair na água e ser devorada pelo polvo ilustrado, ela foi salva por Edmundo.

– Ainda bem que não estava lendo um livro de terror – falou Gaspar, antes de ir acalmar as pessoas que haviam saído correndo.

– Ponha o polvo de volta no livro – Melina ordenou para Edmundo.

O filho viu os tentáculos se baterem fora da água, andou mais uns passos até onde o exemplar tinha caído, bem perto da borda da piscina. A pulseira sacudiu no braço dele; o livro se abriu em uma página aleatória e começou a sugar o bicho de volta. A água da piscina quase foi parar nas páginas também.

Depois disso, Edmundo andou devagar até a congelada Sofia, que de tão leve chegou a planar. Edmundo a segurou e de novo a pulseira brilhou. O corpo da menina voltou a esquentar.

– O quê?

Quando ela acordou, a primeira coisa que viu foi ele inclinado olhando para ela: as sardas e o sorriso esperto a deixaram muito confortável, e ela sentiu que foi salva por ele. Só não sabia explicar *como*.

— Você quase caiu na piscina — Edmundo contou, ajudando-a a ficar em pé.

— Você me salvou?

— Digamos que sim. Você me deve uma — falou piscando para ela.

Pela primeira vez na vida, Sofia sorriu de volta para um garoto, mas parou depois que lembrou de Melina falando que não devia se deixar encantar por Edmundo. Empurrou-o para longe. Ele achou graça em como ela ficou vermelha nas bochechas, e ele sabia que não tinha sido por causa do sol.

Enquanto isso, Melina foi atrás de Gaspar, que acalmava as pessoas. Tudo só se resolveu quando Edmundo entrou na sala com um polvo de borracha nas mãos e Sofia do lado.

— Foi por causa disso que vocês gritaram.

Ele mostrou rindo. Apertou o objeto, que fez um som alto de *tic-tac* depois um *kabum*. Todos se sentiram bobos por terem corrido daquilo, e com isso a turma toda voltou para a piscina. Gaspar, por sua vez, levou Melina para a sala de estar. Ela se coçava muito por causa do tule mágico.

— Qual o problema?

Ele queria saber o que se passava, mas Melina puxava a própria pele com força.

— Não sei como arrancar o tule mágico. Chame o Edmundo!

Ele acatou o pedido dela. Edmundo correu até a sala, onde Melina já tinha parte do rosto caído.

Aquilo assustou Gaspar. Se mais alguém visse a cena, ia ser difícil explicar, e por isso se manteve de guarda.

— Fiquei nervosa e perdi a concentração. Foi Edmundo que arruinou tudo.

Melina resolveu culpar o filho do futuro enquanto se coçava, mas ele parecia relaxado.

— Basta se concentrar de novo. Refaça o rosto como massinha de modelar. Vai doer como se quebrassem seus ossos, mas compensa no final.

— Você diz isso porque não sente a coceira na pele. — A voz dela soava torta: parte da boca tinha saído do lugar.

Gaspar acreditava que ali na sala não demorariam a ser vistos, principalmente por Liliane. Edmundo deu de ombros e resolveu sair de perto.

— Espere... — Gaspar o deteve. — Vai deixar a Melina assim?

— Ela nem mesmo quer que eu nasça. Por que devo ajudar? — Ele estava muito bravo. — Eu sei que ela não me quer aqui e planeja mudar o futuro.

Melina ficou surpresa quando ouviu o filho falar aquilo. Imaginou que a Casa-Monstro tinha revelado informações ao garoto porque ele sabia demais e as paredes tinham ouvidos. Gaspar tentou impedir o filho de sair de perto, e Melina resolveu expor seu lado.

— Eu tenho medo do... do futuro... Ainda não me acostumei à ideia de crescer. Nem aprendi a ser responsável por mim... Casar e ter filho assusta. E se eu errar e não conseguir?

O som da voz dela ia sumindo, a boca caía e ela tentava segurar. Os pés pareciam uma mancha de óleo escorrendo no chão, e Gaspar estava muito preocupado.

— Ajude ela.

Foi em um empurrão que Gaspar jogou Edmundo para perto de Melina, que já tinha os olhos esbugalhados.

— A senhora não precisa ter tanto medo. Afinal, vai crescer e saber com o tempo. Não precisa se preocupar. Com os dias e anos, vai aprender a ser mais adulta, e depois a ser mãe. — Edmundo estendeu a mão e a segurou pelo braço.

Melina girou no ar: uma volta, duas voltas, pedaços de tule saíam dos giros, descolavam. Quando as voltas pararam, Melina caiu e Gaspar a segurou. Na mesma hora, Sofia entrou pela sala chamando Edmundo, que educadamente começou a lhe fazer companhia. Para sua surpresa, Sofia viu Melina sentada no sofá, amparada por Gaspar.

27. ESPIRRO

Enquanto isso, Conde e Mardoqueu estavam atrás da verdadeira Giovana. A festa da piscina se passava logo ao lado do pequeno jardim onde os ursos estavam.

— Não achamos nada — Mardoqueu reclamava, tirando carrapichos de seu pelo.

— Decidimos procurar só de manhã. Então por que você se queixa? — Conde não entendia as reclamações de Mardoqueu.

— Tivam devia estar aqui fazendo isso — Mardoqueu continuou. Tinha até esquecido sua própria responsabilidade por ter levado a Alga de Transformação.

— Que seja! Vamos achar a boneca.

Conde partiu na frente de Mardoqueu sem querer ouvir mais nenhuma reclamação. Procuraram devagar, atrás de vasos de plantas e de todo o resto naquele quintal, mas nada de achar Giovana.

— E se ela foi embora daqui? — A pergunta de Mardoqueu era algo a se considerar. Mas eles não podiam desistir e seria bem mais arriscado voltar para perto de Melina sem Giovana. A procura deveria continuar a todo custo.

Foi um chorinho vindo do coqueiro que revelou o paradeiro da desaparecida. Giovana por pouco não foi confundida com um passarinho.

— Devemos subir? — Mardoqueu não imaginava como ia pegar a mocinha.

— Devemos descer ela.

Conde chamou Giovana pelo nome algumas vezes, até que uma cabecinha de plástico apareceu entre as folhas da árvore.

— Quem está aí?

— Viemos te ajudar a acordar desse pesadelo. Pode, por favor, descer daí e vir aqui embaixo? — Conde empostou uma voz suave. Tentava ser gentil.

Quando Giovana ouviu seu nome ser chamado, desceu pelo coqueiro sem pensar duas vezes.

— Eu estou tendo um sonho ruim? Não sinto que dormi, não sinto nada.

— Somos os responsáveis por despertar você. — Conde ainda falava de forma suave.

— Acordar por quê?

Ela estava mesmo muito avoada, confusa e abismada, afinal, plástico não pensa.

— O que devemos fazer agora? — Mardoqueu queria saber.

Conde foi abraçar Giovana, que não o afastou, correu para o abraço do ursinho marrom e fez força para chorar. Se tivesse conseguido, teria sujado toda a roupa de formatura do Conde. Isso só não aconteceu porque plástico não chora.

Mardoqueu se envolveu no abraço, e a pimenta-malagueta pendurada ao redor do pescoço de Conde fez efeito: Giovana espirrou. Ela e os ursos foram parar dentro do quarto. Entraram pela janela e caíram nas roupas que ficaram espalhadas quando Melina procurou o biquíni. Edmundo estava encostado na parede ao lado da janela quando as pelúcias voaram para dentro do quarto.

— O filho do futuro. — Mardoqueu, que tinha caído em cima de uma calça jeans, ficou espantado ao ver o garoto ali.

— Me dê a boneca. — Ele pegou Giovana dos braços de Conde e a pôs sobre a cama.

— O que vai fazer comigo? — A boneca Giovana estava com muito medo.

— Vou te fazer ter um sonho divertido.

Usando a pulseira, abriu a boca de plástico da boneca e retirou a alga de dentro dela.

O corpo de plástico de Giovana tremeu, ela se debateu e, com um *zip*, as pernas esticaram. Logo foi a vez do pescoço e dos braços. Com mais um *zip*, o tronco esticou. Quando todo o corpo estava de volta ao normal, Giovana dormiu estalando os ossos.

Edmundo saiu do quarto com as duas pelúcias nos braços. Melina estava acordando no sofá enquanto Gaspar tentava explicar o que ela fazia ali.

— É a Melina! — Conde apontou com seus braços de urso.

Edmundo pediu silêncio.

— Vamos sair de fininho.

Ele achou muito bom que o pai e a mãe estivessem juntos naquele momento, e deu um sorriso esperto que Mardoqueu tentou imitar. No entanto, a boca dele era uma fina linha de costura com um carrapicho grudado.

Gaspar viu Edmundo sair pela porta da frente, mas estava ocupado demais pensando em como explicaria os pedaços de tule espalhados pela sala.

28. CANTO

— Oi! Bem-vindos ao canal *MisteriAne*!

Assim começava a rodar mais uma gravação para o canal de Ariane. Ela falava em frente à câmera enquanto Cauã gravava e mascava chiclete. Sentia-se dirigindo um filme de grande sucesso mundial. Logo atrás dele, Guto, que morria de medo de altura, reclamava do lugar onde estavam.

O mirante era atualmente o palco de muitas fofocas na cidade, primeiro porque os casais acabavam se firmando lá, e segundo porque coisas misteriosas começaram a acontecer depois de reformarem o lugar. Fazia pouco tempo que o mirante tinha um belo deque.

— Algumas pessoas dizem que em cima dessas árvores é possível ouvir cantoria, como se houvesse gente nos galhos. O mais estranho é que, para muitos, o clima do lugar continua o mesmo. As pessoas passam horas e horas nesse mirante sem saber o motivo — Ariane explicava enquanto Cauã rodava com a câmera. Filmou toda a paisagem.

Logo Cosmo saiu de trás de uma árvore com uma caixa na mão.

— O cão de guarda!

Cauã abaixou a câmera, mas Ariane o advertiu a continuar filmando.

— Ele estava aqui? — Guto nem tinha percebido.

— O que ele carrega na caixa de sapato? — Cauã deu *zoom*. — A família Crível vem de outro mundo, tenho certeza.

Cauã cogitava a possibilidade de os Crível serem bruxos ou extraterrestres.

Saindo rápido e sem perceber que falavam mal dele, Cosmo foi para casa.

Melina estava na sala reclamando de Edmundo. Tinham contado a ela, no colégio, que ele ia a um encontro com Alice.

— Todos podem me dar atenção? — pediu Cosmo, mas foi Constanza quem desatou a falar:

— Melina usou a transformação e fingiu ser Giovana.

Ela descobriu isso porque, durante a briga, Edmundo deixou escapar, em sua defesa, que sua futura mãe precisava confiar mais nele, principalmente depois de ele ter salvado sua vida no dia em que ela se transformou. A tia estava muito brava, arquitetava um castigo terrível para a sobrinha, mas Cosmo interrompeu todo mundo:

— Cortaram uma árvore muito antiga e algumas criaturas mágicas estão soltas... — Ele colocou a caixa de sapato sobre a mesinha de centro.

— Algum Tico descobriu os seres mágicos? — Constanza ficou curiosa.

Cosmo afirmou que sim, só um Tico estava treinado e pronto. O serzinho tinha cavado a terra e ido parar no mirante da cidade. Um portal foi aberto durante a construção do deque depois que uma árvore de cerca de cem anos caiu. Por isso os seres mágicos ficaram desabrigados.

— O Tico farejou isso em cima de outra árvore.

Devagar e no suspense, Cosmo tirou a tampa da caixa de sapato. Coisinhas incríveis começaram a cantar. Com corpo de folha e membros que pareciam ter sido desenhados a lápis, as criaturinhas cantavam com vozes muito potentes. Timbres masculinos e femininos. Havia cerca de sete folhas amontoadas na caixa.

— O que são elas? — Melina nunca tinha visto folhas cantantes antes.

Edmundo parecia menos surpreso e tratou de comentar:

— Se chamam Pencas, e o tio Cosmo deu para a namorada dele.

O espanto de Melina foi um só:

— O tio Cosmo tem uma namorada?

— Deu um ser incrível para uma namorada? — Constanza olhou com desaprovação.

Cosmo nem imaginava uma coisa daquelas e estava envergonhado.

— A namorada dele será a tia Viviane Ádito, a mulher das chaves de outro mundo. É uma chaveira mágica.

Edmundo falava todo animado. Cosmo, corado, ouvia tudo descabreado, principalmente porque Edmundo tinha chamado a mulher de "tia": era muita informação vinda do futuro.

— Quem diria que Cosmo ia namorar? — Constanza estava muito surpresa, e Melina ainda mais. Ela reclamou com Edmundo, que falava demais.

— Não precisa sair contando tudo sobre o futuro, assim perde a graça.

Tio Cosmo pegou as folhas cantantes e as colocou em cima da mesinha de centro. Elas começaram a dançar.

— É como um musical... — Melina não via comparação melhor.

— Só cantam quando tem luz. Vou procurar uma caixa de madeira para colocar todas elas quando não quisermos mais ouvir a cantoria.

Melina se voltou para Edmundo.

– Tio Cosmo ficou com vergonha. E você ainda está encrencado por aceitar um encontro com Alice. Além disso, me desconcentrou quando eu estava usando o tule mágico e contou o futuro para o Gaspar... Aprontou muito, rapazinho. Está na hora de você me respeitar.

– Alice é irritantemente insistente, me seguiu no caminho de volta para casa e não parava de falar. Eu só concordava com tudo o que ela dizia, nem prestei atenção a nada. Foi aí que caí na cilada. Eu disse sim ao pedido dela sem nem notar.

– Não me importa, você aceitou sair com ela e isso foi errado.

Constanza os deixou brigando e foi para a cozinha terminar sua Poção Perfume e pensar em um terrível castigo para Melina. Tio Cosmo correu com uma caixa de madeira para colocar as folhas. A briga não ia parar e a cantoria também não. Porque se tinha algo interessante em folhas cantantes era que elas mantinham o clima do lugar através da voz. Caso não parassem, a atmosfera não mudaria.

29. SAINDO EM GRUPO

Edmundo pediu que o alfaiate e a costureira do guarda-roupa de tia Constanza fizessem para ele uma roupa nova, costurada com linhas do tempo presente.

Melina se meteu, zangada:

— Vai sair com Alice porque está bravo comigo, não é?

Ela proibiu o alfaiate e a costureira de trabalharem.

— Eu estou menos bravo agora. As coisas melhoraram esses dias.

Ele queria tempo para se explicar.

— Então gosta de Alice? — Melina achava que sim.

— Não! Ela é a mãe da Olinda. Eu não ia sair com a mãe da minha ex. — Outra informação do futuro. Melina franziu a testa e, sem acrescentar nada, ele continuou: — Alice vai casar com um cara mágico de uma família de pintores. — Edmundo fazia mais revelações empolgantes. — Olinda é minha ex-namorada, e não estou a fim da mãe dela.

Melina ainda tinha a testa franzida. Permaneceu calada até que Alice começou a gritar do lado de fora da casa. Eles ouviram perfeitamente porque a Casa-Monstro imitou a voz dela, ecoando como campainha e anunciando que tinha gente no portão.

— A sua ex-sogra chegou, vá na frente — Melina falou, empurrando Edmundo para fora da casa

Cosmo já estava pronto para mandar Alice embora, mas Edmundo o tranquilizou.

— Ela não vai entrar.

— Vou junto com vocês — Melina acrescentou e saiu de dentro de casa com uma bolsa rosa, para a surpresa de Alice.

Edmundo achou fabulosa a ideia de sair com a mãe, e gostou ainda mais quando a irmã caçula de Liliane apareceu.

— Somos três para um? — perguntou a pequena irmã de Liliane.

Melina olhou atravessado para o filho do futuro, que resolveu brincar com a situação:

— Na verdade, são duas pra um, quase a hora perfeita. A senhora Melina está fora da disputa. — E puxou as meninas para perto.

De um lado, a pequena irmã de Liliane. Do outro lado, Alice. E no meio, o doce da festa. Melina ia irritada logo atrás deles.

— Aonde vamos primeiro? — Edmundo queria saber.

— Podemos comer... — Alice ia terminar a fala, mas a irmã mais nova de Liliane a atrapalhou.

— Sorvete, vamos tomar sorvete. Depois podemos ver a paisagem do mirante.

Melina entendeu o plano da irmã mais nova de Liliane: o mirante era o lugar mais romântico da cidade. Com certeza aquela pequena tinha um esquema em mente, e Melina teria de atrapalhar.

Edmundo pediu sorvete de chocolate com baunilha. Alice e a irmã de Liliane pediram o mesmo, e Melina disse que não queria nada. Afinal, já ia pagar o sorvete do futuro filho.

Enquanto a dupla de meninas e Edmundo subiam rindo a ladeira rumo ao topo do mirante, Melina observava as árvores do lugar. A vista era linda e devia haver muitas criaturas mágicas abrigadas ali.

As pessoas subiam logo atrás deles. Havia gente correndo em grupos, casais e até alguns solitários: gente para todo lado. O vento estava ficando forte e foi nele que Melina sentiu algo estranho. Rolando feito bola, a coisinha mágica passou bem na frente do rosto da menina, que arregalou os olhos.

— Uma criatura mágica desabrigada!

Alguém devia ter ferido ou cortado alguma árvore. Lá estava uma criatura arredondada, girando no ar bem acima da cabeça de Sofia.

— Opa! — falou Melina. Sofia estava no mirante também e descia a ladeira para ver Melina.

— Mel! Eu sempre quis te convidar para vir aqui comigo. Gaspar chamou uma turma e a gente vai ajudar um amigo dele a gravar um vídeo, quer participar?

Ela falava toda eufórica. Melina nem ouvia direito, porque sua atenção estava em cima da cabeça dela. A criatura mágica parecia dormir, pois estava enrolada como uma bola. Aquele ser era chamado de Ateado. Os Ateados eram seres mágicos levados pelo vento. Viviam em árvores altas, como coqueiros, e costumavam dormir nos troncos e brincar nas folhas que caíam.

Melina falava baixinho com medo de acordá-lo.

— Você gripou? — Sofia não entendeu seu tom de voz.

Melina apenas assentiu e pediu que falasse baixo.

— Estou com dor de ouvido.

A mentira avermelhou o rosto de Melina, e Sofia achou que ela estivesse tendo a crise alérgica, como sempre.

— Posso ajudar?

— Não. Está tudo bem — Melina disse que bastava que as duas falassem baixinho e continuassem andando bem devagar.

Sofia acatou o pedido, e as duas seguiram pela ladeira até chegar ao mirante onde Edmundo já estava sentado em um banco do deque. Depois de um tempinho, sentiu falta de Melina e a chamou. Não muito longe, ela acenou pedindo silêncio, mas ele continuou gritando sem parar.

— Você não consegue ficar quieto? — Quem terminou gritando foi Melina.

O Ateado, que permanecia na cabeça de Sofia, acordou e saiu pulando. O vento aumentou magicamente. Bolsas voaram, olhos se encheram de terra, folhas caíram e todos tentaram fugir daquela ventania.

— O Ateado acordou com meu grito...

Como o lamento de Melina era verdadeiro, seu rosto voltou ao normal, e Sofia comemorou batendo palmas. Melina foi se queixar com Edmundo, que viu quando a pequena criatura mágica ergueu seu corpo e abriu o focinho redondo, soprando vento nas pessoas.

Melina ficou preocupada.

— Ele pode machucar alguém — ela falou segurando a própria roupa. Seu cabelo estava mais bagunçado e Alice até comentou sobre isso.

Sofia já não conseguia enxergar direito. Havia terra em seus olhos, e as meninas que acompanhavam Edmundo estavam impedidas de andar porque foram empurradas para perto de uma árvore e lá se seguravam enquanto muita gente corria.

— Você deve capturá-lo — Edmundo aconselhou Melina.

— Não sei como.

— Se vira, foi culpa sua ele ter acordado.

Melina foi ajudar Sofia, que mal conseguia andar. Edmundo percebeu que precisaria ter alguma Rede do Fixo para pegar aquela criatura.

A confusão permanecia enquanto o Ateado pulava de cabeça em cabeça.

— Preciso da sua ajuda — Edmundo chamou a mãe do futuro, que acabou acatando a ideia ao ver uma mulher segurar o filho pequeno para que este não saísse voando.

Melina conseguiu levar Sofia até uma árvore. A garota se agarrou ao caule com os olhos fechados, e nesse tempo Edmundo apresentou um plano.

— Preciso saltar para pegá-lo, mas posso sair pelos ares caso não esteja preso a alguém aqui.

— As pessoas vão te ver voar. Ficou maluco?

— Use a sua pulseira e me pegue no ar. Eu salto e seguro o Ateado, mas só se você me ajudar.

Melina pensou que aquilo era loucura.

— Não.

— Não vou voar para muito longe, mas preciso do seu apoio para conseguir realizar o plano.

Melina acabou concordando, e Edmundo contou as pessoas que faltavam até que o Ateado chegasse perto dele.

— Uma, duas, três... Faltam mais cinco... quatro, três, dois, um...

Pulou no ar e pegou o Ateado pelo estômago quando este saltou contra sua cabeça. Estava prestes a cair do deque quando Melina estendeu a mão e fez uma raiz sair de sua pulseira. Aquilo se ergueu até Edmundo e segurou seus pés.

O rapaz caiu de bunda no chão, sustentado pelos galhos mágicos do bracelete. O Ateado foi teletransportado por Edmundo para longe dali. A pulseira estremeceu em seu braço, brilhou e houve uma pequena explosão.

Ele virou o centro das atenções.

Aquilo foi muito perigoso.

30. MIRANTE

Minutos depois, mais relaxada e sentada em um banco do mirante, Melina ajudava Sofia a limpar as vestes quando Gaspar parou na frente dela.

— O que houve aqui?

Sofia tentou explicar. Melina, por sua vez, riu sem jeito e ficou tão feliz de ter Gaspar ali, que achou que fosse efeito da Poção Perfume novamente.

— O que faz aqui? — perguntou depois de suspirar.

— Liliane chamou todo mundo. O irmão dela vai gravar um vídeo musical e precisa de plateia — ele explicou, observando a bagunça ao redor.

— A Mel pode participar do vídeo da Liliane?

Gaspar concordou com o pedido de Sofia.

Ela e Melina continuaram conversando enquanto Gaspar ajeitava tudo com os amigos. O mirante estava terrivelmente feio e sujo; o deque estava completamente cheio de folhas. Uma nojeira. Melina falava com Sofia, mas tinha a atenção fixa em Gaspar, que conversava mais à frente com Liliane e o irmão dela. Os amigos deles também pareciam tentar entender como gravar um vídeo naquele ambiente.

— Existe um jeito de ser abraçada por quem se gosta? — Melina achou aquela uma pergunta interessante e voltou sua atenção para Sofia. — Tenho um vizinho novo e...

— Você gosta do seu vizinho? — Melina arregalou os olhos, surpresa.

— Eu não sei, nunca gostei de ninguém de verdade, então espero que sim — Sofia confirmou baixinho, esfregando os olhos. — Sempre quis contar para uma amiga sobre um garoto de que gosto, e acho que o meu vizinho novo pode ser esse garoto.

— Se gosta dele, então deve achá-lo o doce mais desejável, como um brigadeiro, o mais delicioso entre todos os outros do mundo, não é? — Melina suspirava em direção a Gaspar. Sofia ouvia tudo bem atenta. Não sabia dizer se o vizinho era doce. Se fosse, seria mais próximo do doce de quebra-queixo, talvez.

— Qual é o seu doce preferido? — Melina interrogou. Tentava ajudar Sofia a entender sua lógica de comparações.

— Pudim de leite.

Só em falar sentia água na boca.

— Então, Sofia, ache um garoto que seja como pudim... Quero dizer, que seja, para você, tão doce quanto um pudim.

Sofia concordou. Gostou de receber o primeiro conselho amoroso de uma amiga. Jamais esqueceria aquele dia.

— E como fazer para o vizinho me notar?

— Não se preocupe, sei como te ajudar.

Já imaginava um jeito mágico de resolver o problema dela.

— Mel, posso te perguntar uma coisa? — Sofia estava querendo muito falar disso, mas tinha certa insegurança. — O que acha de uma festa do pijama na sexta-feira à noite? Vou fazer aniversário e seria maravilhoso se você pudesse ir.

Sofia tinha insegurança, achava mais fácil ser rejeitada. Até doces de festa tão cajuzinhos como ela tinham medo. Melina nunca fora a um evento como aquele antes, então aceitou na hora. As duas se abraçaram. Edmundo sentou no meio delas e chamou Gaspar para fazer o mesmo. O rapaz chegou anunciando que a gravação do vídeo tinha sido cancelada, pois o lugar estava muito bagunçado para que qualquer coisa fosse filmada.

— Isso é ótimo! — Edmundo comemorou, levantando Melina do lugar onde estava. — Agora leve a Melina para ver a paisagem e me deixe aqui com a Sofia.

Edmundo puxou Sofia para perto dele. Tinha conseguido despistar Alice e a irmã caçula de Liliane depois que as duas ficaram muito bagunçadas por causa do vento. A vergonha as fez procurar um lugar para se ajeitar, e isso era tempo mais que suficiente para ele ir atrás de Melina.

Gaspar convidou a amiga para uma volta e os dois saíram encabulados para ver a paisagem do mirante.

— Edmundo me contou algumas coisas do futuro em relação a esse mirante. Coisas que ainda não consigo enxergar, mas que de certa forma fazem muito sentido — Gaspar começou.

Melina cogitava a possibilidade de colocar Edmundo de castigo.

— Isso não deve te impedir de viver a vida do jeito que quiser, independentemente do que ele diz.

— Sei, mas e se eu gostar do que vi através de seus olhos?

— Está falando do futuro? — Ela não entendeu, e ele resolveu mudar de assunto. Afinal, quem acreditaria que ele vira o futuro através dos olhos de uma garota?

— Por acaso importa o que somos no presente?

— Quer dizer... neste momento? — Melina inclinou a cabeça meio confusa.

— Se levar em consideração os anos, seríamos quase amigos de infância — Gaspar disse, empolgado.

— Acho que tem razão.

Os dois sorriram um para o outro. Perto dali, Edmundo também sorriu.

— Veja lá! Eles não formam um belo casal? — perguntou, sacudindo Sofia.

— Desde quando são um casal? — Ela se afastou. Não ia dar mole; Melina tinha avisado antes e ela não ia cair na lábia daquele Casanova. — Melina gosta de Gaspar?

Sofia ficou triste por não notar. Era uma amiga ruim.

— Não se culpe. Eles ainda não confessaram isso um ao outro. — Edmundo a acalmou.

— Então você está tentando juntar os dois?

— O tempo fará isso. Neste mesmo mirante, ele vai pedi-la em casamento — disse com um sorrisinho encantador.

— Não creio — protestou Sofia.

— Quer apostar? Se eu ganhar... Bem, se eu ganhar... O que posso te pedir? Que tal um encontro? Acho que não. Se bem que nem te conheço no futuro de minha mãe... Ela só fala de você no passado.

E lá ia o sorriso esperto dele acompanhando o fim da sua fala.

Edmundo sempre foi curioso sobre aquilo: o que teria acontecido com Sofia?

— Eu? Sair com você? — Não podia ser sério. Ele devia estar jogando com ela. Era pegador, namorador e tudo mais.

— Se fôssemos da mesma época, quem sabe desse certo? — Piscou para ela, sorrindo. Era mesmo um Casanova, mas Sofia não podia negar que mesmo para um perigo, ele era bem atraente. Ela devia ficar vigilante para não cair na lábia dele porque tudo indicava que Edmundo podia ser tentadoramente doce feito pudim.

31. ESPIANDO

Naquela tarde, a velha casa dos Crível estava completamente vazia.

Ariane comentou que já passara da hora de descobrirem os segredos do lugar.

— Essas coisas sobrenaturais chamam atenção. E como não tem ninguém lá, esse é o momento ideal.

Melina tinha saído, Constanza tinha saído, Edmundo tinha saído e até Cosmo estava fora.

— Devemos entrar lá? Isso me parece errado — falou Guto. — Não é correto entrar na casa dos outros, principalmente em uma casa mal-assombrada.

— Não podemos deixar essa oportunidade passar. O que acha, Cauã?

Ariane sabia que ele concordaria.

— É a hora de me vingar dessa família e expor todos.

— Quem vai entrar? Se formos os três, chamaremos muita atenção.

Guto não queria ir.

— Eu vou sozinho — Cauã se prontificou, mas Ariane ficou sentida.

— O canal é meu.

— Um de nós já é suficiente. — Cauã não queria ninguém o atrapalhando.

— Ele tem razão — Guto apoiou.

Os três arrastaram uma escada que o pai de Guto usava para trabalhar. Guto era vizinho da família Crível, então bastou encostar a escada no muro e subir: sem pais à vista, apenas a altura, a teimosia e a estupidez como parceiras. A velha escada era de madeira. Cauã ficou preocupado e pediu que Guto o segurasse. Com um degrau quebrado e alguns pregos representando risco de tétano, Cauã subiu de ladinho, quase inclinando a escada.

— Não precisa ter tanto medo. — Ariane estava irritada com a demora dele.

— Diz isso porque não tem risco de se cortar aí embaixo.

Quando Cauã conseguiu subir, Guto o aconselhou a procurar um galho da goiabeira e descer por ele para o quintal da família Crível.

— E se o galho quebrar? — Cauã estava um pouco arrependido daquela ideia.

— Se cair, não quebre o celular.

Ariane tinha emprestado o celular dela, pois tinha a melhor câmera. Era um investimento dos pais na vida de *youtuber* da filha.

— Certo. Se eu cair, uso algum aplicativo para amaciar a queda.

Cauã estava ficando zangado com as opiniões de Ariane. Ele valia bem mais que um estúpido celular. Mesmo com medo, desceu pelo pé de goiaba. Não caiu, e se surpreendeu com o tamanho do quintal.

— Gente, aqui parece não ter fim! — gritou para os amigos do outro lado do muro.

Não obteve resposta.

O quintal dos Crível era imenso, maior que a rua inteira, ou melhor, maior que a cidade e, de forma exagerada, achou que fosse maior que o Brasil. O garoto começou a filmar dali, porque se contasse ninguém acreditaria. Tinha todo tipo de árvore, plantações estranhas, flores diferentes e um pau-brasil bem no meio. Demorou a sair daquela mata e, quando avistou a porta da cozinha, sentiu-se a salvo. O cômodo era antigo. Para uma criança moderna, aquele era um lugar velho e sem graça.

Fogão a lenha, panelas de barro, mesa de madeira, prateleiras com jarros de vidros cheios de coisas estranhas e nomes esquisitos.

— Tudo isso é coisa de doido! — falou, olhando para a câmera do celular, pois gravava tudinho. — Espera! Tudo isso é coisa de bruxo!

Não ia perder a chance de expor cada detalhe. Virando a lente para si, tratou de falar:

— Queridos inscritos. Como veem, as prateleiras estão cheias de vidros estranhos, mas na bancada temos vidros vazios. O que significa? Com que eles enchem esses recipientes? Mistério! Aqui tem uma janela enorme, ali em cima se pode ver que a luz dela reflete nos vidros. Acredito que sejam para poções. Eles guardam pedaços de monstros e coisas sinistras dentro. Talvez chulé de sapo, dedo de cobra ou essas coisas sem sentido. Seguindo por ali... Tô vendo! Passando da cozinha, temos a sala. Podem ver, não tem nada, só um sofá velho, uma mesinha de centro e uma parede: deve ser onde eles iniciam os bruxos. Olha só, tem um quadro. É tipo um mar, eu acho. Além disso, entre a cozinha e a sala há essa escada velha que deve levar à muita coisa sinistra... Vamos subir.

Cauã subiu filmando até dar um grito. Apavorou-se ao ver a pintura feia do rosto de Hugo.

— Eu nunca vi um quadro tão feio! — Cauã gritou, assustado. O objeto pareceu se mexer, como se estivesse dando língua para ele.

A câmera filmou a mão trêmula do menino tentando tocar na tela. Então, de repente, um latido. Cauã desceu um degrau. Estava assustado, mas não podia ter medo. Gaspar não teria. Talvez fosse um cachorrinho de nada. Se fosse maior, o som seria mais forte. Por isso, voltou à posição. Ia subindo os degraus, mas foi impedido porque no topo das escadas estava Barbudo, o cachorro de Hugo.

— Pega! — alguém gritou de dentro do quadro.

Cauã saiu correndo com o aparelho na mão.

Parou na porta da frente, mas ela não abriu. Ele podia jurar que a maçaneta mordeu sua mão. Logo atrás dele, o cachorro de Hugo rosnava. Com medo, o pequeno correu para a cozinha, mas se deteve ao ver uma criatura peluda, coberta de folhas, de barba grande e cabelo enorme. O menino voltou para a sala, não sabia o que fazer, pois o cachorro o encurralou na parede.

Para piorar a situação, o Ateado teletransportado por Edmundo foi parar no meio do recinto. O vento começou a soprar, o sofá da sala voou e o cachorro de Hugo latiu ao ter o corpo retirado do chão. Tinta foi respingando por todos os lados. Cauã sentiu os pés saírem do chão. Ficou no ar até que o Ateado, rodando, se chocou contra o peito dele e o lançou para dentro do quadro.

Cauã não sabia que a parede era mesmo um mar. Caiu lá dentro com celular e tudo. Nadando, prendeu a respiração, mas acabou devorado pelo monstro marinho. Hugo não conseguiu ver nada, mas deduziu que tinha acabado de vez com um ladrãozinho. Durante todos os anos preso na parede, nunca tinha visto um bisbilhoteiro, nem mesmo em miniatura.

32. DIVIDINDO TAREFAS

Quando Melina chegou acompanhada de Edmundo, já era tarde. Ela sorriu para a maçaneta e deu um passo para trás.

— Estive muito brava com você; uma Casa-Monstro devia aprender a guardar segredos, mas você contou muito a Edmundo. — A janela ao lado abria e fechava. — Não seja um monstro birrento, você merece ganhar uma advertência pela fofoca. Até parece o Hugo.

— Não foi ela quem me falou, foi o tio Hugo. — Edmundo cutucou o braço de Melina. Sem jeito, a casa se trancou e impediu sua entrada.

— Foi culpa de Edmundo. Ele me fez entender tudo errado — insistiu, trancada do lado de fora. — Ai! Ai! Eu deveria ter desconfiado do Hugo. Lógico que toda fofoca vem dele.

— Vacilo! — Edmundo falava atrás dela.

— O que posso fazer para você me perdoar? Eu prometo que cuido melhor de você e que todos os meus filhos e netos irão fazer o mesmo.

— Hum... A casa já sabe disso — Edmundo falou. Piscou para a janela, que se abriu e fechou como se piscasse de volta. — O problema é que a senhora mãe sempre acaba culpando todo mundo pelos seus problemas. Devia apenas assumir a responsabilidade.

— Eu não vou mais culpar ninguém. Prometo me responsabilizar por tudo — Melina falou para a casa. — Por favor, me deixe entrar.

Edmundo acenou positivamente para a Casa-Monstro, então a porta finalmente se abriu. Tia Constanza esperava nada contente no terceiro degrau da escada. Tinha uma expressão furiosa.

— Você está encrencada! Primeiro porque enviaram uma criatura mágica para dentro da Casa-Monstro, veja o estado da sala.

Estava tudo um caos. Tinta para todo lado, o sofá virado de cabeça para baixo, o centro perto da cozinha. Tia Constanza puxou a sobrinha para a sala de estar e parou diante da pintura na parede.

— Percebe algo estranho? — Estava com a mão na cintura.

— Tinta do quadro de... — Melina se desesperou. — O Ateado fez algo contra Hugo? Essa tinta aqui é do quadro dele.

— O Ateado está descansando em um coqueiro lá no quintal. Hugo continua na parede; o problema é o Barbudo. — Cosmo puxou o cachorro que estava na cozinha.

Edmundo foi acariciar o bicho. A lambida o sujou de várias cores e ele resolveu tomar banho. Tirar tinta a óleo não era um trabalho fácil, mas sua pulseira o ajudou.

— Por que o Barbudo saiu do quadro? Não foi por causa do Ateado, foi?

— Pergunte ao Hugo — resmungou tia Constanza, sentando no sofá.

Hugo se debatia no quadro para que alguém o notasse. Foi maravilhoso ver Melina.

— Eu peguei um ladrão! — comemorou. — Um ladrão minúsculo e que caiu na parede da sala. Eu o ouvi gritando; deve ter parado lá.

— Ladrão? — Melina ficou espantada.

— Um ladrão mirim. Quer que eu desenhe o rosto dele? — Hugo perguntou encostando a face na tela do quadro.

Melina queria que ele fizesse um retrato falado, mas foi assustador ver que o rosto desenhado era o de Cauã.

— Que confusão temporal. Cauã caiu no quadro? — Melina desceu as escadas com as mãos na cabeça. — O que houve?

— Ele deve ter sido devorado pelo monstro marinho — disse Constanza, ajeitando o coque na cabeça.

— Tenho que salvá-lo — Melina anunciou, pronta para mergulhar no quadro.

Cosmo a deteve.

— Não tenha tanta pressa. Devo explicar o que acontece com as pessoas comuns que entram na Casa-Monstro. — Ele estava mais sério que o habitual. Melina teve medo. Cosmo foi até a cozinha e voltou de lá com um casaco peludo e barbudo. Aquele era o Intruso que Melina via desde criança.

— O-o-o-lá! — O som fechado e forçado saiu da boca daquele ser.

— Tio... — Melina deu um passo para trás.

— Esse Intruso vive aqui há mais tempo do que podemos contar. Chegou criança e acabou perdendo a memória com o passar dos anos. O caso é que quando um ser não mágico entra aqui, termina por ser temporariamente esquecido do mundo. Se não ajudarmos rápido, ele esquece o mundo lá fora. Por isso sempre aviso dos riscos de se entrar na Casa-Monstro.

— Esse homem vive no quintal? — questionou Melina. Isso a tinha deixado espantada.

— Sim. Vive lá com alguns outros. Nem todos falam como ele, pois são o que chamamos de Pessoas que Perderam Tempo, os que se consideram intrusos por viverem no tempo de outros e nunca no deles mesmos — Constanza confirmou enquanto limpava a mão suja de tinta. — O quintal está protegido por um círculo mágico do tempo. Se entrar por ele, sua existência é temporariamente apagada do lado de fora.

— E agora, o que vamos fazer com Cauã?

— Se salvarmos o garoto, podemos rebobinar antes que seja tarde — Cosmo explicou. Ele ajudou o enorme homem peludo a sair da casa. Ia dar a ele algumas roupas. Um bebê tinha acabado de nascer entre os Intrusos. Viviam quase como seres pré-históricos: o tempo tinha retrocedido para aquelas pessoas.

— Como esse menino invadiu a casa há pouco tempo, ainda há esperança. Vou fazer uma Poção Perfume assim que o tirarmos da parede. Depois borrifo nele e faço seus passos retrocederem e por isso não vai se lembrar de nada do que aconteceu aqui.

— Odeio quando você usa as flores do tempo — reclamou Cosmo.

— Quem vai entrar no quadro? — Melina queria saber.

— Eu vou! — Cosmo se preparou para pular. — Antes de ser comido vivo pelo monstro marinho, gostaria de lembrar que não esqueçam de não assustar os Ticos no quintal. Melina sabe bem o que eles comem. Caso eles cavem a terra, sigam suas sombras. Eles os levarão aos seres mágicos.

Cosmo deu um pulo e caiu no mar da parede. Demorou um pouco até que o monstro marinho o engolisse. Melina deu um grito, assustada. Edmundo pediu que alguém prendesse Barbudo para que ele pudesse descer as escadas para ajudar. Não queria se sujar de tinta de novo.

O cachorro de Hugo voltou para o quadro.

33. A INDIGESTÃO DA CASA-MONSTRO

Edmundo ajudava a preparar a rede com as teias de Aranha do Fixo. Melina aproveitou para pedir ao alfaiate e à costureira do guarda-roupa que fizessem um presente especial para o aniversário de Sofia, que seria no dia seguinte.

— Quero que costurem um moletom abraçável.

O pedido era simples. Bastava usar Linhas de Abraço, que eram linhas emboladas, grudadinhas e agarradas; úteis para longos abraços. O casal resolveu criar um moletom com um tecido deliciosamente confortável. Marrom, peludo e quentinho.

Melina adorou.

Todos na residência faziam algo quando a Casa-Monstro arrotou alto. O ar ficou com cheiro de cera. Às vezes, tio Cosmo encerava a mobília. O piso era antigo, então a cera lhe caía bem.

— O que houve? — Melina perguntou.

Em resposta, Constanza chamou todos para uma reunião na sala. Hugo ficou muito bravo porque ninguém o tirou da parede para participar.

— A Casa-Monstro está com indigestão.

Outro arroto fez com que os cômodos tremessem, e um pouco da tinta da parede caiu no chão.

— Como podemos ajudar?

— Não podemos dar remédio a ela, então precisamos andar mais lentamente para que não fique irritada. Pode ser perigoso.

Edmundo nunca tinha visto a Casa-Monstro com indigestão, mas se sentiu mal por ela. Era seu lar e seu monstro preferido. Todos continuaram na sala meio tristes e preocupados, até que caiu do teto uma criaturinha pequena, com asas brancas que tinham a forma das asas de morcego.

— Um triturador. — Foi Edmundo quem pegou a coisa que despencou do teto. Uma pequena gosma branca saía de sua boca, estava morto.

— É outra criatura mágica! — Melina exclamou, desviando de outro Triturador que caiu do teto.

— Agora sabemos o motivo da indigestão. Os Trituradores estão fazendo a festa no telhado. — Edmundo estendeu a asa branca do bicho. O único jeito de resolver o problema era subir no telhado e tirar os Trituradores da Casa-Monstro antes que ela piorasse.

Constanza pediu que Edmundo e Melina usassem uma escada mágica para subir. Ela se estendia infinitamente e era chamada de degraus para o sucesso. De um único retângulo que tia Constanza encostou na parede se estenderam vários degraus sobre a casa.

— Por que tenho que subir? — reclamou Melina.

— Eu não posso, minha coluna dói... — falou Constanza. — Além do mais, Edmundo vai com você.

O caso era que em cima da Casa-Monstro as escamas se moviam, abrindo e fechando. Melina e Edmundo só podiam se mover quando elas estavam fechadas. Era fácil encontrar Aranhas do Fixo por lá, deitadas descansando e fazendo teias poderosas. Eram bem maiores que as do quarto de tia

Constanza e não costumavam ser muito amigáveis. Estavam ali para proteger a Casa-Monstro, mas às vezes alguns seres mágicos voadores conseguiam achar lugares onde elas não alcançavam.

Melina passou em pânico pelas aranhas. Eram tão grandes que batiam em sua cintura. Andavam retas com suas pernas de agulha, e o sol refletia em seus corpos brilhosos.

— Odeio subir aqui.

Era assustador ver as aranhas devorando aves que tinham caído na teia, seres mágicos presos e se debatendo. A bola de Cauã estava presa em uma das teias, pois ele tinha jogado de novo por lá, e Melina gostou de ver a aranha furá-la com seus dentes afiados.

— Dessa vez ela não volta para o dono — comentou segurando a roupa de Edmundo, que andava na sua frente.

O teto da Casa-Monstro era muito maior que o de uma casa comum.

— Ali estão eles. — Edmundo apontou para a ponta da casa. Um bando de Trituradores cercava uma Aranha do Fixo morta.

— Como vamos espantar eles? — Melina achou aquilo muito complicado, mas Edmundo sorriu para ela.

— Vou te ensinar algo que você mesma me ensinou no futuro.

A pulseira dele brilhou. O garoto ergueu o braço diante do corpo, então formou algo com formas estranhas.

— É um arco — Edmundo explicou.

— Eu te ensinei a fazer? — Melina ficou surpresa. Ela sequer sabia como invocar aquilo.

— Agora é só atirar. — Edmundo entregou o objeto a ela.

— Quer que eu atire?

— A senhora me ensinou. Fique em posição.

Edmundo a ajudou a encontrar a posição certa para lançar. Posicionou seus pés na largura do ombro e endireitou seu corpo.

— Puxe e lance no alvo.

Edmundo apontou para um Triturador que voava sobre o cadáver da Aranha do Fixo que era devorada.

— Onde está a flecha? — Melina notou que não havia nenhuma.

— Elas aparecerão quando você puxar o arco.

Quando Melina mirou, uma lança branca surgiu. Tinha uma pena verde como uma folha recém-brotada e sua ponta era de pedra.

— Solte! — Edmundo instruiu.

A flecha acertou o peito esquelético de um dos Trituradores. Ele caiu sobre a grama. As criaturas branquinhas do tempo o devoraram até virar pó. Melina ficou empolgada e lançou outra flecha, acertando mais um Triturador. Os demais voaram espantados. Por fim, Edmundo e Melina foram ver a Aranha do Fixo, ou o que restou dela. Suas patas finas como agulha estavam para cima e o aço de seu corpo estava comido.

— O que vamos fazer? — Melina não gostava de mexer naquelas aranhas tão grandes. Seria impossível tocar naquele corpo pesado e afiado.

O jeito foi voltar e pedir ajuda a tia Constanza, que entregou a eles uma poção. Edmundo borrifou o líquido, e a aranha se desfez devagar. Algumas pétalas começaram a substituir seu corpo.

— Gotas de Pedaços Trocados, essência de coco e pétalas de rosas. — Melina conhecia os ingredientes. Uma rosa nasceu e a aranha morta sumiu.

— Uns se vão e outros virão. A vida continua. — Edmundo achou aquela uma bela lição.

Melina, por sua vez, desceu do telhado da casa com um sorriso satisfeito. Constanza perguntou o motivo e recebeu a resposta quase de imediato:

— Sei usar um arco mágico e no futuro vou ensinar isso ao Edmundo.

— Quem te ensinou a usar um arco mágico?

— Foi Edmundo, mas sou eu quem vai ensinar a ele no futuro.

Deu dor de cabeça pensar naquilo, mas Constanza entendeu que aquela bagunça toda se resolveria.

Por fim, a Casa-Monstro estava satisfeita e suas paredes foram refrescadas com um aroma doce de rosas.

34. FESTA DO PIJAMA

Depois de tudo, Melina se preparou para a festa do pijama na casa de Sofia. Pediu que a costureira e o alfaiate fizessem uma peça nova para ela. Deu confusão, mas o pijama saiu antiquado como o alfaiate queria e delicado como a costureira desejava. Constanza disse que esperaria Cosmo sair do quadro, pois precisava que ele salvasse o menino Cauã.

Melina partiu no fim da tarde de sexta para a casa de Sofia, e teve uma grande surpresa ao chegar lá, pois deu de cara com Giovana e Liliane.

— Por que elas... — Nem terminou a pergunta, tamanho era seu choque. Melina saudou as meninas por educação. Em seguida, entregou o presente da aniversariante, que ficou maravilhada com o moletom.

— É lindo! — Sofia não conseguia parar de agarrar a roupa.

— Quando for usar, não se esqueça de ir ver seu vizinho. Aposto que ele vai te abraçar.

Melina teve de tirar o moletom dos braços de Sofia, pois ela não queria largá-lo. Era o efeito do atrativo abraçável que estava sobre o tecido.

— Vamos assistir a filmes juntas e depois contar histórias de terror. — Sofia tinha tudo planejado e estava adorando.

Depois de ouvir a euforia da amiga, Melina perguntou onde era o banheiro, porque planejava trocar de roupa. Como aquela era sua primeira festa do pijama, ela levou uma mochila cheia de coisas. Foi ao banheiro com seus pertences pronta para usar pela primeira vez sua vestimenta nova.

— Surpresa!

Para espanto de Melina, de dentro da mochila saíram Tivam, Mardoqueu e Conde. O grupo Timaco estava de volta.

— Cadê minhas coisas? — Melina viu que dentro da mochila só tinha eles.

— Tiramos para caber todo mundo.

Melina fuçou a mochila, abriu os outros bolsos e deu de cara com três das folhas cantantes: uma soprano, um tenor e um barítono baixo. Assim que saíram da mochila, viram a luz da lâmpada e começaram a cantar.

— Vocês pegaram as folhas? — Melina ficou zangada encarando o grupo Timaco, mas eles a ignoraram.

A música era ótima de se ouvir. Por mais que Melina quisesse se queixar, não resistiu a tomar uma ducha ao som da cantoria. Ao final, colocou tanto as folhas quanto as pelúcias de volta na mochila. Ia ser uma longa noite.

Ela voltou sem a roupa de dormir e Sofia tentou emprestar uma dela, mas acabou não cabendo. Melina era a única sem pijama na festa do pijama.

A casa de Sofia era pequena, mas bem arrumada. Tinha dois quartos, um com suíte, uma varanda, sala de estar, uma pequena sala de TV, cozinha, um banheiro perto da cozinha e o quintal pequenino. Sofia fez um tour por todo o ambiente. A mãe de Sofia era doce. Recebeu as meninas com um sorriso e depois foi para o quarto. Mais tarde, o pai de Sofia também apareceu, comeu e foi para o aposento do casal, onde, a julgar pelas vozes alteradas, pareceu discutir com a esposa.

— O seu vizinho bonitinho estava conversando na porta da casa dele hoje cedo — comentou Giovana, iniciando a conversa do grupo. — Ele é uma gracinha.

As meninas estavam sentadas no sofá da sala de TV, pois queriam assistir a uma comédia.

— Eu sei disso — retrucou Sofia, envergonhada, e mais aliviada ao perceber que os pais tinham parado de discutir.

Melina não imaginava que um doce de festa tão cajuzinho quanto Sofia pudesse ficar tão acanhada.

— Giovana vive dizendo que é difícil achar algum rapaz bonito. Ela diz que nem se lembra de Edmundo e do dia da festa na piscina, e olha que sei que ela gostou dele. — A opinião de Liliane deixou Sofia incomodada, mas ela não sabia bem o motivo.

Já Melina, quieta e encostada na parede, sentia repulsa da história toda.

— Eu acho os meninos imbecis.

— Você tem razão — Liliane concordou. — Toda vez que começo a sair com um garoto, me vejo ao lado de mais um imbecil, mas isso foi antes de conhecer Gaspar.

Como a conversa estava ficando chata, Melina tentou sair de fininho, mas Sofia a puxou de volta para o sofá.

— Mel! Você é minha melhor amiga. Não pode sair de perto de mim... — Sofia não sabia como entrar na conversa de Giovana e Liliane. Ela ficou em pânico. Nunca tinha conversado em grupo.

— Ele é tão tranquilo... Com ele é tudo muito natural — Liliane prosseguiu.

— Mudemos de assunto! — Giovana não queria passar a noite falando do irmão.

— Sei que você não percebe isso, mas Gaspar é um garoto maduro, sabe?

Liliane gostava mesmo de Gaspar.

Melina sentiu no peito uma flechada de ciúmes.

— Mel! Como entramos na conversa? — insistiu Sofia, incapaz de se inserir nos assuntos. Enquanto isso, Giovana implorava para que Liliane mudasse de assunto, pois falar do irmão dela de forma romântica era repugnante.

— Você sabe que gosto dele — justificou Liliane.

— Gaspar não seria um namorado legal. Ele é muito parado, lento. Fora que ele já gosta de uma garota; se você não percebeu, ele não tem olhos para mais ninguém. — Giovana achava que uma aproximação entre as amigas e seu irmão poderia esfriar a amizade.

— Ele gosta de quem? — Liliane ficou em choque com a notícia.

— A cabelo de espinho ali. — Apontou para Melina, que ficou toda envergonhada. — Gaspar tem um monte de desenhos do rosto dela. Até ganhou um concurso de ilustrações.

— Ganhou o concurso? — Melina não sabia como reagir.

— Você sabia da competição? — Giovana ficou surpresa.

— Pois é. — Melina passou a mão no cabelo, sem jeito.

Sofia tentava um meio de entrar na conversa:

— Mel é uma boa amiga, eu sei disso e Gaspar sabe também. Além de tudo, Mel também é ótima para ouvir segredos. E a gente divide alergias! — disse sorrindo.

— Que relação você tem com Gaspar? — Liliane só se preocupava com isso.

Era complicado responder aquela pergunta.

— Eu... não sei explicar.

— Como não sabe? — Liliane interrogava.

Giovana, no entanto, mudou de assunto, colocou o filme e chamou todas para assistir. No quarto de Sofia, o grupo de pelúcias Timaco saiu da mochila de Melina. Para o desgosto de Mardoqueu, ali não havia outros brinquedos. Parecia um quarto de adulto: nada de rosa, de bonecas, de ursinhas. Nada que fosse de menina. Isso porque Sofia doou seus brinquedos quando parou de se achar criança.

— Viemos para nada! — reclamou Mardoqueu.

— Viemos para poder viajar, esqueceu? — Tivam não estava atrás de brinquedos. Tirou as três folhas cantantes da mochila. — Eu as trouxe para cantar sobre a nossa viagem, sobre o mar, lembra? Tudo isso para fazer Melina ficar com vontade de viajar para o Morro de São Paulo — resmungou puxando as folhas. Elas faziam um aquecimento vocal.

— As folhas podem influenciar Melina, mas e se elas cantarem a música errada? — considerou Conde.

— Não vão! — disse Tivam.

Mas ele errou, como sempre. As folhas, na verdade, cantaram músicas de ninar. Afinal, de noite era mais propício para isso. Todos na casa dormiram sem ver a hora, e as pelúcias passaram muito tempo tentando silenciar a cantoria.

Todos dormiram da sexta à noite até o domingo, pois as pelúcias não tiveram êxito. Além de cantar, as folhas saíam fazendo show, saltando com as pernas que pareciam desenhadas a lápis. Por esse motivo, era difícil de capturar.

— Que encrenca temporal! — exclamaram os três ursos, incapazes de parar o espetáculo.

35. FUTURO

Na sexta à noite, enquanto Cosmo ainda navegava dentro do monstro marinho e Melina estava na casa de Sofia, Constanza e Edmundo se preparavam para jantar.

— Melina me falou que você usa o encanto da ilusão e consegue persuadir as pessoas comuns. Fez todo um colégio acreditar que já conhecia você.

— Pois é... algo quase hipnótico. — Edmundo bebericou seu suco de maçã.

— Cosmo fazia muito isso quando Melina era criança, para despistar os colegas dela depois de suas artes mágicas. Eu não sei usar esse tipo de dom.

Constanza estava achando aquele um ótimo momento para interrogar o sobrinho. Desconfiava que, apesar de brilhante, ele não sabia fazer Poções Perfume.

— Foi tio Cosmo e minha mãe quem me ensinaram — disse Edmundo.

— E eu, por que não me citou?

Constanza precisava entender por que, no futuro, não podia ser a tutora de um talento como aquele. Edmundo se recusou a falar, mas a tia insistiu. Ele já ia sair da mesa, mas Constanza o impediu.

— Por favor, Edmundo!

— A senhora... — Edmundo refletiu. — A senhora faleceu um mês depois do meu aniversário de cinco anos.

Tia Constanza soluçou.

— Mas como? — Era difícil acreditar. Pensou que ele estivesse brincando. Devia ser uma brincadeira.

— A mágica não pode intervir na vida ou na morte — disse Edmundo de cabeça baixa. — Eu não posso mudar isso.

O sobrinho parecia tão arrasado que Constanza se sentiu quase morta. Não podia deixar o menino pensar que ela fosse parar de viver ou coisa assim só porque sabia que um dia ia morrer.

— Todos têm que encarar o futuro com suas coisas boas e ruins. E a morte faz parte disso. Não se preocupe, não vou parar de viver o hoje por medo do que vai acontecer.

— Eu... — Edmundo não sabia mais o que falar. — Não deveria ter contando.

— Não importa o que você sabe do futuro. Eu ainda estou aqui, estou viva e vou continuar aproveitando isso.

— Tentei tanto não falar nada. — O pobre Edmundo estava arrasado.

— Saber disso não vai alterar quem sou. Mesmo que eu não seja sua tutora no futuro, fico orgulhosa de todos que te ensinaram tão bem. — Ela estava chorando. Aquilo foi emoção demais.

— A senhora está mesmo bem?

Edmundo estava quase chorando também, mas a tia o advertiu a não fazer isso. Ela mesma se conteve.

— Essa não foi a melhor notícia que recebi, mas não vai me fazer desistir de viver.

Constanza era diferente de Melina e não temia tanto o futuro. Ela não ia deixar de fazer as coisas por causa do que ia acontecer. Afinal, de que adiantaria? A vida continuaria do mesmo jeito, e ela ia vivê-la até o último instante.

Edmundo se arrependeu, mas Constanza o tranquilizou.

— Seja na existência ou depois dela, morrer não me fará menos mágica e não vai tirar o encanto de ser uma Crível, afinal, tudo é possível para nós.

Ele concordou com um sorriso aliviado. Os dois respiraram fundo e se abraçaram. Sentir a importância de ter momentos com a família foi incrível para Edmundo e para tia Constanza, que passou a amar intensamente cada segundo. Depois do jantar, ela foi se recostar no sofá da sala. Queria observar um pouco mais a pintura na parede e quem sabe ver o monstro que engoliu Cosmo.

Edmundo ficou sentado no braço do velho sofá.

— Posso me apoiar em você? — Constanza pediu.

Edmundo consentiu e segurou os pés enrugados e rachados dela com carinho. Mantiveram-se quietos até que a sombra de um Tico passou pelo sofá e desceu no chão. Quando os Ticos estavam em ação, suas sombras eram vistas de dia ou à noite. Assim ficava fácil segui-los.

— Eles acharam algo, tia. O Tico está indo atrás de alguma criatura mágica desabrigada.

Edmundo puxou a tia pelo pé. Ela se levantou devagar e viu a sombra sumir pela parede.

— Ela foi para fora. Corra atrás! Vou pegar as teias... — Constanza subiu apressada.

A Casa-Monstro abriu a porta para Edmundo, e ele saiu veloz como um raio. Viu a sombra do Tico; o animalzinho estava embaixo da terra, mas sua sombra era bem visível na superfície. O rabo e a ponta dele estavam desenhados perfeitamente. A luz da lua ajudava também.

Edmundo saiu correndo pelo portão e deu de cara com um cachorro que passava perto da casa. Pediu desculpas ao animal e voltou a correr para não a perder de vista: ela passava por cima dos carros e descia de novo no chão com uma velocidade assustadora. Edmundo acelerou o passo, virando a esquina. O cachorro corria ao lado dele.

— Vai embora! — gritou, tentando espantar o animal.

Para sua surpresa, ou não, o cachorro respondeu.

— Você... Au... Au... é um Crível, não é? Sou... Au... Novo por aqui, mas conheço... Au... Sua família pela pulseira...

Ele falava e latia, mas Edmundo o entendeu.

— Quem é você?

Em resposta, o cachorro começou a correr apenas em duas patas, depois ajeitou a coluna com ligeireza, e seu corpo foi ganhando feições humanas: era um rapaz.

— Damião. Sou novo na cidade, muito prazer. — Acenou, ainda ao lado de Edmundo. — Vi quando derrubaram uma árvore e sabia que havia alguma criatura mágica solta. Farejando sua rua, eu me deparei com você. Serei o primeiro da minha família a capturar uma criatura mágica na cidade nova.

A pulseira que Damião usava era repleta de pingentes com forma de pena, patas, mãos e pés. Ele era da família Tutear, a mesma família daquele que seria o melhor amigo de Edmundo.

— Você é o pai de Lino.

O menino lembrava um pouco o pai, mas Edmundo achava mesmo que Lino parecia demais com a mãe. Ela vinha dos Plinto, uma família de sapateiros mágicos que criavam calçados de habilidades mágicas. Mas Lino acabou herdando o dom mágico do pai: o sangue Tutear era mais forte na mágica dele.

— Quem é Lino? — Damião não fazia ideia, mas achou o nome bem bacana.

— Você vai ser o melhor amigo do meu pai, logo vai conhecer ele, se não me engano... Que bom poder te conhecer antes mesmo de ele saber quem você é. — Sorriu Edmundo. Então viu a sombra do Tico parar perto de uma poça de água na frente de uma loja fechada.

— Como vamos pegar a criatura mágica?

Damião coçava o queixo pensativo. Aquilo o deixava ainda mais parecido com o filho, e Edmundo sentiu saudade do amigo.

— Pise na poça e deixe a criatura sair — pediu o filho de Melina.

Foi a melhor ideia que ele pôde ter. Damião ergueu o pé, mas pensou duas vezes antes de pisar e sujar o tênis novinho. Sem outra saída, pisou mesmo assim, afundando lá dentro. Queria muito capturar aquela criatura mágica, então valeria a pena.

Algumas pessoas passavam ao redor, e Edmundo tentou disfarçar gritando como se falasse no celular. Um pedestre perguntou se ele estava bem, e Edmundo torceu para Damião não se afogar na poça, ou Lino jamais nasceria. Demorou um pouco, mas uma águia voou através da lama, segurando a criatura mágica. O Tico saiu de dentro também. As pessoas comuns não podiam ver, mas ele balançou os pelos, se secando, e pulou no ombro de Edmundo.

A águia voou até um terreno baldio e soltou o que segurava no bico. Edmundo não ficou nada feliz com aquela criatura. Era pequeno, sequinho, fino, sem olhos: apenas uma boca aberta na massa verde que era seu corpo.

— Porcaria! Uma Sombra Verde.

Elas eram meticulosas e imitavam bem os passos humanos. Seria difícil capturar aquilo.

— Como vou pegar?

A águia falou do céu:

— Eu pego. Lance uma Rede do Fixo, e eu jogo na Sombra Verde.

Edmundo se esqueceu de pegar uma Rede do Fixo. Ficou parado para não afugentar a criatura. Em seu ombro, o Tico peludo e macio mostrava as garras afiadas para a Sombra Verde. Se a criatura mágica fugisse, muita gente perderia o rumo da vida, pois o bicho roubava passos e direções.

Foi quase perdendo a esperança que Edmundo ouviu a voz da tia Constanza. Do outro lado da cerca de arame, ela gritava chamando o sobrinho e mostrando a Rede do Fixo. Nos pés dela, um sapato diferente: era feito de tapete e havia sido transformado por um alfaiate em um calçado mágico.

— Tia, não venha aqui. Entregue a rede para a águia! — Edmundo gritou.

Tia Constanza lançou a teia no ar. A águia desceu veloz e a pegou. O objeto foi lançado sobre a Sombra Verde, que se viu espremida até perder os movimentos.

— Capturada!

A águia desceu. Antes que as garras tocassem o chão, as pernas e corpo de Damião voltaram ao normal. O Tico recebia o carinho de Edmundo, que também agradeceu a Damião pela ajuda. Enquanto isso, Constanza planava no ar com seus sapatos feitos de tapete.

36. ABRAÇOS

Na madrugada de sábado, um barulho alto acordou Constanza.

Hugo se queixava na sala. Ficar na parede podia ser entediante, e ele estava ficando zangando por não saber nada do que se passava na casa. Edmundo desceu as escadas para checar o barulho; os besouros de luz iluminaram o caminho à frente. Cosmo estava todo sujo de gosma. Fedia muito, e Cauã estava inconsciente ao seu lado.

— Como o senhor saiu? — Edmundo foi acudir o tio, mas desistiu por causa do fedor.

— Eu... Ela...

O pobre tio Cosmo nem conseguia falar direito, então tia Constanza correu para ajudar. Hugo permaneceu se queixando e só parou quando Edmundo explicou a ele que tio Cosmo tinha deixado a casa fedorenta.

— Como saiu? — Tia Constanza quis saber a mesma coisa.

— Ela me ajudou — Cosmo falou, sentando no chão. Era exaustivo falar daquilo.

— Quem é ela? — perguntou Constanza agoniada, mantendo certa distância do irmão.

A resposta veio de trás do sofá.

— Eu sou *ela*. — Era uma mulher bem jovem, de sorriso bonito. Mesmo toda melecada pela gosma fedorenta, ainda tinha um rosto agradável.

— Quem é você? — Tia Constanza nunca imaginou que uma mulher vivia dentro da pintura da parede.

— É a tia Viviane — Edmundo reconheceu. — A namorada do tio Cosmo.

Aquela informação deixou a mulher um tanto sem jeito, então ela resolveu se explicar, e começou negando qualquer vínculo amoroso. Edmundo pediu que ela se acalmasse, pois logo mudaria de ideia.

— Eu faço chaves de portais. Usei a chave em um ideograma mágico que vi na fechadura de uma porta qualquer, e não imaginava que ia acabar dentro de um monstro marinho. Ainda estou aprendendo a ler os ideogramas das fechaduras mágicas.

Tia Constanza observou no pulso da mulher uma pulseira feita de aros dourados como os usados por chaveiros.

— Sou da família Ádito. Meu nome é Viviane — ela se apresentou sem estender a mão. Não queria melar ninguém com a gosma.

— Como conseguiram sair da barriga do monstro? — Edmundo perguntou à Viviane. Cosmo não tinha força para falar e Cauã ainda estava inconsciente.

— Ele nos expeliu em uma cuspida. Fomos parar perto de uma ilha. Eu vi um ideograma mágico e usei a chave para nos trazer até aqui.

— Cuspidos, que nojo! — Constanza mandou Cosmo limpar tudo assim que recuperasse as forças.

Quem diria que ela se tornaria uma pessoa limpinha.

Sábado de manhã, bem cedinho, Cauã recebeu uma borrifada da Poção Perfume. Com o efeito, ele repetiu todos os seus passos. Sua retrospectiva terminaria fora da casa dos Crível, segurando uma escada no quintal do Guto e fedendo horrores. Estava sem o celular de Ariane, que acabou sendo digerido pelo monstro.

Guto e sua família ficaram surpresos quando o encontraram. Cauã não se lembrava de nada. Como resultado, a fofoca da rua transformou Cauã em um menino cheio de...

Mistério.

Ele se beneficiou disso abrindo seu próprio canal no YouTube, o *CauHistory*, no qual contava mil e uma histórias sobre os mistérios da sua própria existência e sobre a abdução extraterrestre que o levou à casa de seu amigo. Cauã jurava para sua família que, durante alguns dias, seus passos no chão faziam bolhas que ficavam firmes e só então estouravam. Ninguém acreditou nele, porque ninguém via.

No fundo, Cauã adorava ser ímpar.

37. FIM DE SEMANA

Na casa de Sofia, todos acordaram surpresos no domingo de manhã. Todos estavam assustados por terem dormido por tanto tempo. O pai foi checar o gás da casa; achou que tinha sido envenenado e pensou até que talvez todos eles estivessem mortos, mas desistiu dessa hipótese quando sua barriga roncou: a fome foi um sinal de vida.

Tudo ficou uma loucura na casa; cada um tinha sua versão do que havia acontecido. As meninas checaram seus celulares repletos de mensagens. Mas eles não eram os únicos que tinham vivido aquela loucura, toda a vizinhança se sentiu relaxada, descansada e sonhada.

Quando acordou, Melina ficou uma fera. Achou que as pelúcias estavam envolvidas. Ela pegou sua mochila e ia sair às pressas quando Sofia a parou.

— Posso te contar um segredo? — Sofia queria ajuda.

— Pode sim.

— Eu vou levar um pedaço de bolo para meu novo vizinho. Quer ir comigo? — perguntou com uma fatia na mão e nada preocupada por ter dormido tanto.

— Por que não usa o moletom abraçável que eu te dei? Prometo que ele vai te dar sorte.

— Você acha?

— Se gosta dele, não vejo por que não... Faça o teste, veja se o abraço dele é confortável e delicioso como um pudim... — comentou rindo. Ela achou graça da comparação, mas lembrou que chamava Gaspar de brigadeiro.

— Eu vou tentar. — Sofia beijou a testa da amiga e correu para se trocar.

Na sala, Liliane ligava para os pais. No portão de casa, Gaspar chamava pela irmã. Tinha ido buscá-la e por acaso viu quando o vizinho novo de Sofia saiu e o cumprimentou com um bom-dia. Eles ainda não se conheciam, mas aquele era Damião.

Os dois um dia seriam grandes amigos.

Melina saiu junto com a mãe de Sofia para receber Gaspar. Ela sorriu acenando quando o viu montando na bicicleta, a mesma que ela tinha consertado com sua energia mágica. A mãe de Sofia pediu para Gaspar entrar, mas ele esperou no portão e depois que Giovana reclamou da vergonha dele ter ido vê-la, Sofia pediu licença e passou no meio deles rumo à casa dos vizinhos. Melina aproveitou para ir falar com Gaspar.

— Quer carona? — Gaspar perguntou para Melina. Ela estava com a mochila nas costas e parecia pronta para partir.

— Sim, sim. — Ela montou na garupa da bicicleta e segurou na cintura dele.

Deu tempo de ver Sofia chamando na casa do vizinho. Se tivessem ficado mais um pouco, veriam o clarão mágico perto da casa de Sofia, contudo, mais tarde iriam descobrir o que tinha acontecido. Melina não viu o clarão, porque a única coisa encantada naquele momento era seu coração, pois estava entregue a Gaspar.

— Você foi responsável pelo "estado maresia" de metade da rua? — o menino perguntou.

As pessoas estavam agindo como se tivessem acabado de acordar de um sonho relaxante; a música cantada pelas folhas levou uma rua inteira a uma quase hibernação. Música conseguia fazer isso; quando ela era mágica, tudo ficava muito mais profundo.

— Talvez... — resmungou Melina, ainda zangada com o grupo Timaco.

— Por que ninguém notou que havia algo estranho? — Gaspar quis saber.

Era uma pergunta interessante.

— Porque não são críveis da mágica que existe ao redor deles.

— Sua vida é bem interessante, sem dúvida — falou rindo.

Achou que, se aquele não fosse um fim de semana de feriado na cidade, a coisa ia ficar muito mais maluca. Não era a primeira vez que ela tinha um final de semana maluco. Na garupa, Melina segurava a cintura do garoto de quem seu coração muito gostava. Ouvir a risada dele era ainda melhor que se deliciar com brigadeiro. Ela quase parecia apaixonada; devia ser efeito da Poção Perfume.

Sem que Melina percebesse, sua pulseira começou a brilhar, liberando muitas, muitas bolhas de sabão pelo ar. Tudo ia bem, até que alguém na rua comentou com Gaspar que tantas bolhas podiam causar acidente. Ele freou. Melina finalmente notou o que estava acontecendo e ficou sem jeito; desceu da bicicleta e, sacudindo a pulseira, fez as bolhas sumirem.

— Eu não consigo controlar o tanto que a Poção Perfume me fez gostar de você. É frustrante; parece ficar mais forte conforme os dias passam — falou, ajeitando a mochila nas costas. Deu até para ouvir as pelúcias se queixarem, pois o movimento era desconfortável.

— Falando assim, você me deixa em dúvida se eu devo ou não confessar que gosto... — Com as mãos no guidão da bicicleta e o tranquilo semblante costumeiro, ele falou aquela frase sublime como se não fosse nada de mais.

— Do que você gosta? — Melina queria mesmo saber.

— Sabia que ganhei o concurso de desenho?

— Sim...

Ela ficou agoniada, ele estava mudando de assunto.

— Eu ganhei o concurso com o desenho que fiz de você voando pelo teto do colégio, com a mochila nas costas e os cabelos para o ar.

— Sua irmã me falou... — disse, desapontada.

— Que bom. — Gaspar sorriu. — Vamos voltar para a bicicleta.

Melina não conseguiu rejeitar o convite. Àquela altura, a coisa toda era incontrolável e a Poção Perfume mandava em seu pensar. Tudo o que sua mente falava era que estar com ele era melhor que brigadeiro.

— Então é disso que gosta? De desenhar? — Ela puxou o assunto de novo. — Do que você gosta?

— Eu gosto de você, não notou? — Gaspar inclinou a cabeça para o lado com as mãos no guidão da bicicleta e um sorriso doce. Foi tão direto, confiante e gentil.

O coração de Melina descarrilhou descontrolado dentro dela. A verdade era que Gaspar estava mais brigadeiro do que o costume. Talvez fosse o doce brilho nos olhos de quem confessava o primeiro amor, doce caramelizado que deveria ser provado por todo mundo em dias de chuva ou de sol. Melina não conseguiu falar nada. Ainda estava apreciando o sabor dos olhos dele; a confissão era aos poucos digerida.

— Estou encantada, sabe? Essa emoção é coisa da Poção Perfume, não é real. Porque gostar de mim de verdade seria perigoso, não acha?

Ela não tinha desistido de argumentar, mas as bochechas não avermelharam, então não mentia. De certa forma, estava mesmo encantada, e um encanto nunca era verdadeiro. Gaspar desceu da bicicleta e chegou muito perto dela. Seu coração parecia prestes a sair pela boca, e quando ele levou as mãos até as bochechas dela, pensou que fosse desmaiar. Sentiu todo o corpo se aquecer.

— Se não quiser, pode me afastar.

E lá ia ele se aproximando dela, tanto, tanto e...

Bolhas saíram da pulseira de Melina. Gaspar já tinha visto aquilo antes, o futuro nos olhos dela. Como era bom sentir o mágico se tornar crível. Dentro do peito de Melina, o encanto se rompeu como em um típico conto de fadas. A Poção Perfume se fez inútil, e a Teia do Fixo se mostrou nada resistente a um garoto apaixonado com um beijo mais doce que brigadeiro.

38. AVANI

No sábado à tarde, antes de Melina despertar do encanto das folhas cantantes, Edmundo descia as escadas com uma roupa nova, feita sob medida para ele. Era tão bonita que Hugo resolveu comentar:

— Esse povo sempre arranja roupas novas. Eu uso a mesma faz anos...

— Não se preocupe. — Edmundo piscou para Hugo. — Haverá roupas feitas sob medida no seu futuro.

Cosmo veio da cozinha, onde conversava com Viviane.

— Quanto tempo demora para a criação de uma chave mágica? — Ele ficou curioso.

A chaveira mágica explicou que tudo começava depois que ela vinha ao mundo. Seu nascimento era um processo bem demorado, e acontecia quando um galho caía de uma árvore velha. Dependendo da idade da planta, a chave produzida poderia levar a lugares muito distantes. Árvores mais novas levavam a lugares mais próximos. Com o galho em mãos, a chaveira começava o processo balançando a pulseira mágica. Um brilho estelar caía sobre o galho e ele começava a se contorcer como minhoca, recebendo o formato de uma chave circular que mais parecia um gongo. Outro fato interessante era que a chave poderia ser usada para abrir portais mágicos. Tudo começava com um ideograma encantado colocado no exato lugar para onde se desejava ir, fosse visível ou invisível, deste ou de outros mundos.

— Como encontrou uma porta no meio da ilha para nos trazer de volta?

— Vi o ideograma mágico levitar no ar. Eu sabia que ali havia uma fechadura, e só me restava pôr a chave.

Edmundo escutava um tanto entediado. Já tinha ouvido aquela explicação várias e várias vezes. O caso é que tudo era novidade para Cosmo; ele ouvia com atenção até que a porta da sala se abriu para que Constanza pudesse entrar cheia de malas. A tia chegou acompanhada de Avani: ela havia se casado havia pouco tempo com um homem chamado Gael.

— Quem pode vir aqui? — Constanza pediu ajuda porque carregava muitas malas.

Edmundo se prontificou.

— Quem são esses? — Avani não conhecia o menino nem Viviane.

— E essa, quem é?

— Eles são... — Constanza não sabia como explicar. Estava mais concentrada no peso.

— O garoto se parece muito com Melina — constatou Avani.

Tio Cosmo se meteu na conversa.

— Esse garoto é meu assistente. É um parente distante e por isso tem a pulseira da família Crível. E a mulher é Viviane, uma chaveira mágica.

— Muito prazer — Viviane cumprimentou com um aceno.

Edmundo achou divertido ver a versão mais nova de sua tia Avani. Ela parecia bem mais forte no futuro, chegando às vezes a ser má por culpa de sua inveja exagerada.

— O esposo de Avani está no carro. Ele quer achar um bom lugar para estacionar e me deixou com as malas. Sozinha...

— Tia, a senhora sabe que Gael não pode usar demais a sua força física — disse Avani. — Ele precisa se poupar para consertar o espelho mágico de Melina. Espelhos mexem com tempo, e tempo exige esforço e paciência.

— Isso o impede de ser cavalheiro? — Cosmo quis saber.

— Ele tem que poupar energia. — Avani se justificou.

Viviane se sentia por fora de toda aquela história e por isso foi ajudar a subir as malas, pois ela queria ser útil. Cosmo ficou reclamando, e Constanza sentiu tanta dor na coluna que teve de deitar no sofá.

— Onde está Melina? — Avani queria rever a irmã.

— Pergunte ao Edmundo ou ao Cosmo.

— Ela está na casa da melhor amiga — disse Edmundo, descendo a escada.

— Melina tem amigos... Quem diria...

Avani notou algo estranho no quadro de Hugo.

— Quem pintou uma fita na boca do meu irmão?

Dentro da tela, Hugo tentava se esconder atrás de seu cachorro.

— Ele está fazendo voto de silêncio — comentou Edmundo.

O fato era que Edmundo tinha pintado a faixa para evitar que Hugo falasse demais. Ele mesmo havia concordado, pois sua língua coçava para falar tudo o que Melina aprontava, mas ele não queria expor o futuro tio.

— Hugo é mesmo uma pintura estranha.

Avani deu as costas para o quadro e Hugo se vingou chutando tinta sobre as costas da irmã.

— Seu quadro vingativo! — Avani reclamou.

Hugo sumiu pintura adentro enquanto seu cachorro latia. Avani não imaginava que Barbudo pudesse sair; só descobriu isso quando a cara do cachorro descolou da tela, e ela precisou correr.

— Quem colocou esse cachorro aí? — perguntou com a mão no coração, enquanto Edmundo balançava a pulseira, encolhendo o animal de volta ao quadro.

— Foi Melina quem pintou. É por isso que ele pode sair — explicou, balançando a pulseira. Edmundo retirou os pingos de tinta que espirraram na futura tia, mas ela nem agradeceu.

Avani só se preocupava em ficar vigilante, pois não queria ser mordida por Barbudo enquanto subisse e descesse as escadas.

39. GELOU

Gael Bisar era baixinho, tinha o cabelo lambido de gel e usava blusas estampadas que o deixavam até engraçadinho. Ele se achava o ser mais forte e incrível existente. No pulso direito de Gael, uma pulseira feita com círculos de metal enferrujados revelava sua origem familiar. Dentro dos círculos da pulseira podiam ser lidas as letras "B, I", as iniciais de uma família em ascensão que realizava reparos dos utensílios mágicos mais difíceis daquele mundo.

Tia Constanza pediu que Edmundo borrifasse em si mesmo uma Poção Perfume que escondia o aroma forte de sua energia mágica e seu cheiro de expectativas futuras. Aquele segredo poderia causar confusão. Gael e Avani dormiriam na casa de Constanza, e, depois que ele consertasse o espelho, os dois partiriam rumo à lua de mel.

— Eu preciso de espaço para treinar um pouco antes de subir para ver o espelho — Gael pediu, depois de comer a refeição que Cosmo fizera às pressas.

Viviane resolveu fazer companhia a Constanza, e ficou com ela na sala. Enquanto isso, na cozinha, Cosmo dava seu parecer sobre os argumentos de Gael Bisar.

— Pode pegar os restos do espelho debaixo da pia e dentro de uma caixa de papelão.

— Meu velho! O conserto de um espelho mágico exige tempo — reclamou Gael. — Não posso unir o passado, o presente e o futuro como se fosse um quebra-cabeça de criança. Eu preciso treinar antes.

Tio Cosmo não gostou da postura arrogante de Gael.

— Quer treinar onde? — Ele fingiu ter paciência.

— Em um espaço onde ninguém me atrapalhe.

— Quem ia querer te atrapalhar?

— Gael precisa de um espaço, pois precisa se concentrar sozinho — interveio Avani.

— É mesmo? — Tio Cosmo não tinha tido uma boa impressão do rapaz desde que ele deixou Constanza carregar sozinha todas as malas, tampouco gostava de ser chamado de "meu velho".

Edmundo, que estava encostado na parede, sugeriu que Gael ficasse no quarto, o que foi bem acatado por Cosmo.

— Lá ninguém vai tocar nele.

— Prefiro treinar no quintal — afirmou Gael. — Preciso de espaço aberto porque minha energia não é pouca. Vou mover o tempo lá fora. — Gael tinha visto o quintal pela porta dos fundos e considerou seu tamanho mais que razoável para fazer o que pretendia.

— Cosmo está treinando alguns Ticos — defendeu Edmundo. — Se fizer barulho, pode acabar assustando os bichinhos. Além disso, os Intrusos vivem por perto; pode ser perigoso mexer com magia com gente comum ao redor.

— Não pode estar falando sério — Avani se irritou. — Ticos e Intrusos são inferiores se comparados ao Gael. Além disso, ele vai consertar o estúpido espelho mágico, e por isso precisa treinar.

Depois Avani tratou de lembrar que Melina estava sendo criada ali há anos, enquanto ela era apenas visita. Não deveria ser destratada. Cosmo se defendeu, mas Avani estava impassível.

— Se fosse Melina, você deixaria. Vocês a favorecem em tudo, e ela se tornou mimada. O vovô ainda teima em mantê-la aqui. Melina não é filha única e eu sou sobrinha de vocês dois também, então por que me tratam assim?

— Ninguém está te destratando, mas se ele treinar no quintal, pode mesmo assustar os Ticos. Você sabe bem que Ticos assustados somem debaixo da terra, e por isso devem ser cuidados antes de saírem em busca de portais.

— Tanto eu quanto Gael deveríamos ter nos hospedado em um hotel — Avani continuou reclamando. Ela se levantou sem muita delicadeza e puxou o esposo para a porta da cozinha.

— Por que está agindo assim? — Tio Cosmo não entendeu o estresse da sobrinha.

— Sempre privilegiando alguns e destratando outros... O vovô será informado disso quando eu voltar para casa.

— Você está se queixando de quê? — Tia Constanza levantou do sofá com a ajuda de Viviane, que ficou quieta ao seu lado.

— Não se preocupe. Vou sair daqui ainda hoje; afinal, não há união nessa família.

— Diz isso por conhecimento próprio — zombou Constanza. — Afinal, casou e nem mesmo chamou a gente. Nem o convite chegou aqui.

Aquele momento foi mais que propício para Avani e Constanza explodirem as dinamites de queixas e ressentimentos.

— Eu não convidei vocês para meu casamento porque sabia que não iriam. Vivem aqui isolados e pouco se importam com o resto de nós.

— Faz sentido isso, Cosmo? — indagou Constanza.

O irmão ficou quieto, e a batalha entre Avani e sua tia prosseguiu.

Hugo tentou colocar o ouvido perto da tela do quadro para ouvir tudo, e Gael reclamou quando ele derramou um pouco de tinta nas escadas. Edmundo já não aguentava mais, e a gota d'agua foi quando viu Gael empurrar Constanza para o lado na tentativa de afastá-la de Avani. A tia só não caiu porque Viviane a segurou. Avani abriu a boca para reclamar, mas Edmundo agiu. Ele ergueu a pulseira na direção dos presentes.

O que todos sentiram foi um vento soprar dentro deles, como se suas almas tivessem saído do corpo. Depois eles gelaram desde o dedo do pé até o último fio de cabelo, e Edmundo congelou todos em pleno ar. Apenas Cosmo e Hugo escaparam de seu momento de raiva, pois estavam mais distantes da confusão.

— O que você fez? — Cosmo nunca tinha visto alguém congelar pessoas sem o uso de uma Poção Perfume.

— Ele empurrou a tia Constanza. — Edmundo tentava se explicar, e Hugo sujava toda a escada de tinta para tentar ver o que acontecia.

— Eles estão conscientes? — Cosmo foi até os congelados e conseguiu sacudi-los no ar, pois estavam leves e flutuavam como balão de festa.

Gael boiava no ar bem perto da porta da saída. Constanza flutuava encostada à parede enquanto Viviane a amparava com as mãos. Já Avani, ainda com a boca aberta, subia rumo ao teto. Edmundo chegou perto de tia Constanza e a ajeitou de pé. Em seguida, balançou a pulseira e derreteu o gelo sobre a tia. O corpo dela pesou no chão e tudo ao redor voltou a acelerar como um relógio. Depois foi a vez de Viviane.

— Achei que tinha entrado em um portal mágico — afirmou, espantada.

— Você congelou pessoas sem o uso de Poção Perfume. — Constanza sacudiu a pulseira de seu braço para esquentar o próprio corpo.

— Eu estava me controlando, mas esse imbecil do marido da tia Avani passou dos limites quando empurrou a senhora — falou Edmundo. — Eu mesmo vou consertar esse estúpido espelho.

Edmundo foi à cozinha. Os tios e Viviane o seguiram, deixando Gael e Avani congelados no ar. O menino encontrou debaixo da pia a caixa de papelão onde estavam os restos do espelho mágico. A pulseira sacudiu e os pedaços de vidro começaram a levitar no ar. Cada um deles refletia estrelas e planetas inteiros.

Constanza, Viviane e Cosmo se sentiam como astronautas bem no meio da cozinha.

Edmundo começou a montar peça por peça no ar. Era como se o universo estivesse se encaixando, o tempo costurado com linhas de vidro.

— Ele consegue montar itens mágicos! — Viviane ainda estava em choque com a fabulosa energia que o garoto possuía.

— Ele é um Crível muito, mas muito incrível mesmo! — Cosmo estava tão perplexo que sacudiu Constanza para despertá-la caso ela ainda pudesse estar um pouco congelada no tempo.

— Eu tenho orgulho de você e de Melina por ensinarem esse garoto a ser tão prestigioso. — Constanza estava emocionada, então abraçou o irmão.

Cosmo não entendeu aquele gesto, muito menos o comentário dela; não imaginava ser professor de uma criança. Não era tempo de ele notar o que ela falava, mas no futuro lembrar disso seria consolador.

Não demorou muito para o espelho descer do ar direto para os braços de Constanza.

— Depois disso, posso descongelar os mal-humorados. — Edmundo saiu da cozinha e todo mundo foi atrás.

Avani e Gael voltaram ao normal com tanta vergonha que partiram no mesmo dia — dessa vez sem reclamar. O casal se hospedou em um hotel. No dia seguinte, depois de engolir o orgulho no café e beber um pouco de leite com humildade, Avani foi até a tia e pediu desculpas por não ter convidado ninguém para seu casamento. Por mais que tivesse ciúmes de Melina, não queria ficar brigada com ninguém.

Como um sinal de paz, Avani deixou uma bebida de arroto para Melina, porque sabia que sua irmã amava aquela poção. Para Edmundo, Constanza ensinou que as famílias às vezes tinham divergências, e que, no presente, no passado ou no futuro, o que importava era aprender a se reconciliar: a vida era curta demais para perder tempo com ressentimentos.

40. DESPEDIDA

No domingo pela manhã, Melina voltou para casa na garupa da bicicleta de Gaspar. Ela distribuía sorrisos e bolhas de sabão. O carro dirigido pelo esposo de Avani passou perto da bicicleta de Gaspar, mas Avani não percebeu, distraída com as bolhas que Melina liberava pela pulseira.

A porta da frente da casa se abriu bem devagar para a menina entrar. Ela percebeu que estava sendo ajudada: a maçaneta nem ronronou, evitando qualquer barulho. Tudo foi arruinado por tia Constanza e tio Cosmo: eles desciam as escadas.

— O que foi agora? — perguntou, assombrada. Achou que seria culpada por mais alguma coisa.

Melina viu Viviane aparecer da cozinha comendo uma goiaba.

— Eu não a trouxe para cá! — defendeu-se, sentindo a energia mágica que emanava dela. — Nem sei quem é.

Dentro do quadro, Hugo ria do desespero da irmã.

— Agora é o teu fim! — zombava. — Tia Constanza vai te dar um doloroso castigo.

Melina esperou o pior.

— Todos na rua de sua amiga foram encantados por um dia inteiro. — Tio Cosmo expôs as acusações: — Vai dizer que não foi sua responsabilidade?

— Como essa notícia chegou até aqui?

Enquanto tio Cosmo reclamava, as pelúcias de Melina pediram para sair da mochila. A garota colocou o objeto no chão, e Tivam logo abriu o fecho, então desatou a falar:

— Melina deveria ser mandada para o Morro de São Paulo para capturar os seres incríveis de lá — sugeriu, como castigo. — As folhas que cantam estão no fundo da mochila. Elas provam que todos foram colocados para dormir. Depois de tudo, ela merece o castigo. O grupo Timaco se oferece para fiscalizar a punição.

Melina sentiu vontade de esganar Tivam, mas Mardoqueu e Conde o puxaram de volta para a mochila.

— Depois de tudo, está na hora do castigo, sim — confirmou tio Cosmo.

Melina ainda não sabia, mas seria impedida de tomar a bebida de arrotos.

Dentro do quadro, Hugo ria.

— O que esse borrão de tinta quer? — reclamou Melina. — Hugo, você não passa de uma pintura fofoqueira e vingativa.

— Felicidade! — Gargalhava Hugo. — É uma pena que a Avani já tenha ido embora. Ela ia amar ver o castigo da Melina...

— Avani esteve aqui? — zangou-se Melina.

— Veio com o esposo. — Foi tia Constanza quem informou. — Falando nisso, o espelho mágico do quarto foi consertado.

— O esposo dela consertou?

— Não, foi o admirável e primoroso Edmundo. Seu filhote do futuro é esplêndido — elogiou tio Cosmo, dando um tapinha de leve no ombro de Melina. — Você deveria ir até seu quarto e se despedir do Edmundo antes que ele entre no espelho.

Melina não esperou mais palavras, então subiu correndo as escadas. Edmundo estava de pé, olhando para o espelho.

— Vai voltar para o futuro? — Melina entrou devagar.

— Eu preciso voltar. — Ele forçou um sorriso. — Pode continuar vivendo seus dias sem pressa.

— Não vai se despedir de Gaspar?

— Nós nos veremos de novo... — Edmundo piscou. — Foi bom passar um tempo com vocês.

— Antes de ir, saiba que eu não vou mais fugir do futuro — contou Melina. — Resolvi viver um dia de cada vez e deixar que as coisas aconteçam ao seu próprio modo. — A garota falava de forma majestosa, como se declarasse a independência de sua alma e o fim de seus medos.

— Eu preciso voltar — Edmundo afirmou novamente. — Sinto saudade das minhas irmãs; acho que fico incompleto sem elas, mas não conte isso a elas... — se apressou em falar. — Essa afirmação fica no passado.

Melina achou graça, mas prometeu que ia guardar aquele segredo.

— Gostei muito de te conhecer, principalmente pelo cheiro forte de possibilidades e expectativas que sai de você. Dá um friozinho bom na barriga só de pensar, e eu me sinto muito afortunada por isso.

Antes de ir, Edmundo ainda tinha mais a dizer.

— Quando eu nasci, a senhora já era minha mãe, então eu não tinha ideia do que houve antes de mim — refletiu Edmundo. — Te conhecer foi uma experiência diferente. Percebi que você também tem medos e inseguranças, e acho que isso te faz bem mais forte. Te admiro ainda mais. — Ele piscou para ela, sacudiu a pulseira e esticou a moldura do espelho. Feito borracha, o vidro também se esticou.

Melina pôde ver o seu quarto refletido lá no futuro.

– Está do jeito que você falou... E com os retoques de um quarto de menino. – Riu, animada. – Acho que não será tão ruim dar ele a você.

Edmundo ia entrar no espelho, mas recuou para abraçar Melina. Ela ficou um tanto sem jeito: aquele abraço entusiasmado do filho a fez lembrar das animações de Gaspar.

– Por que isso? – perguntou, toda dura. Não sabia como retribuir.

– Eu te amo – ele falou, deixando-a para trás. – Daqui a pouco te vejo de novo, mas como a senhora mãe.

Edmundo bateu continência. Sorrindo, Melina fez o mesmo. Ela viu o filho dar mais um passo em direção ao espelho e, em seguida, desaparecer. O objeto voltou ao normal, parando de refletir a vida do outro lado.

41. NO FUTURO

De volta ao seu quarto, Edmundo se espreguiçou, tirando a poeira do passado. Sua pulseira se renovou com os ares da atualidade, voltando a exalar o maravilhoso cheiro do presente. Tudo parecia calmo e tranquilo até que a porta do quarto abriu com o empurrão que Hugo deu.

— Não me ouviu te chamar?

Hugo estava mais velho que no quadro. Usava short, blusa de manga e o cabelo estava arrepiado. Aqueles que se aproximavam dele ainda podiam sentir cheiro de tinta a óleo.

— Oi, tio! — Edmundo correu para abraçar Hugo. — Fico feliz por ter conseguido te tirar de dentro daquele velho quadro.

Aquela animação deixou Hugo confuso. Ele afastou o sobrinho e tratou de falar:

— Sua mãe e seu pai saíram em viagem e você foi colocado no comando.

— Eu? Mas acabei de chegar.

Hugo deu de ombros, indiferente.

— Você tem que dar conta das gêmeas e atender os pintores mágicos — falou. — Seus pais disseram que quando voltarem, você estará de castigo por ter viajado no tempo sem permissão.

— O que aconteceu com tio Cosmo e tia Viviane?

— Resolveram viajar e levaram aquelas folhas que cantam. Acho que é para criar um clima: o Cosmo vai pedi-la em casamento.

— Mas e o senhor? É mais velho do que eu. Poderia ficar no comando...

— Acha mesmo que sou responsável a ponto de cuidar da Casa-Monstro sozinho? — Edmundo achou melhor não responder. — Olinda, sua namorada, vai vir com o pai para pintar a Casa-Monstro.

— Ela é minha ex — corrigiu Edmundo.

Hugo deu de ombros novamente.

— Vamos descer. Ela está te esperando na sala...

Enquanto Hugo falava, o cachorro Barbudo subiu as escadas latindo e sujando o chão.

— Segura o cachorro ou ele vai sujar a casa toda — reclamou Edmundo, mas parou quando viu Mardoqueu, Tivam e Conde flutuando no ar em uma bolha de espirro. — O que houve com vocês?

— As gêmeas estão aprontando de novo.

Tivam conseguiu estourar a bolha e caiu aos pés de Edmundo. As outras pelúcias também.

— Prometemos fidelidade se você nos salvar das gêmeas.

Mardoqueu segurou a perna de Edmundo e, se pudesse chorar, ele teria implorado aos prantos.

Edmundo concordou com os três.

— Eu vou ajudar dessa vez. Espero que, a partir de hoje, vocês sejam mesmo leais a mim.

Ele desceu as escadas com os ursos agarrados em suas pernas. Um homem de altura mediana estava sentado na sala. Ao lado dele, sua filha. Olinda Primor tinha o queixo fino, o nariz pequeno e cabelos cacheados. No braço, a pulseira mágica feita de mosaico os apresentava como artistas, pintores mágicos que estavam ali a trabalho.

— Esse é Edmundo. Até Melina e o marido chegarem, o filhote mais velho é o chefe da casa — Hugo apresentou Edmundo, que tentava tirar os ursos de sua cola.

Olinda disse um "oi" contente, admirando Edmundo, que respondeu em um aceno rápido. Antes que mais alguém falasse qualquer coisa, a porta da Casa-Monstro se abriu com um solavanco que assustou as pelúcias, mas nem assim largaram Edmundo.

— Você foi até o passado e não me chamou? — Lino Tutear passou porta adentro. Era o melhor amigo de Edmundo e herdeiro de uma família de plagiadores: podia se transformar em qualquer coisa.

— Não se importe com o que ele diz — pediu Celina, filha de Melina. Ela tinha mais sardas no rosto que o irmão.

— Como você soube da minha viagem no tempo? — indagou Edmundo.

Hugo tentou sair de fininho da sala, mas Edmundo logo percebeu suas intenções.

— Tio, o senhor deixou de ser pintura, mas não de ser fofoqueiro — reclamou o rapaz.

Lino falava enquanto Celina tentava conter suas reclamações.

Para o terror das pelúcias, as gêmeas vieram da cozinha. Elisa e Cristal tinham os cabelos tão rebeldes quanto os da mãe, e o sorriso ainda mais arteiro que o de Edmundo. As duas seguravam Sofia, a melhor amiga de Melina, que não envelhecera um só dia nos últimos anos.

— É mesmo a Sofia? — assombrou-se Edmundo.

A garota correu para abraçar Edmundo quase em lágrimas.

— Confusão temporal. — Hugo não entendia o que se passava, mas já estava muito chateado. — Por que essa família gosta tanto de mexer com o tempo?

— Íamos buscar a mamãe no passado e, para isso, pegamos de volta o tempo de uma hora que foi roubado dela pelos bichos brancos do tempo, eles vivem na frente da Casa-Monstro. Com esse tempo, tivemos uma hora no passado.

As gêmeas eram o clarão mágico que havia levado Sofia.

— Deu tudo errado porque a mamãe já tinha saído de bicicleta com o papai depois que a rua encantada acordou...

Depois de respirarem, as gêmeas prosseguiram em uma só voz e no mesmo fôlego:

— O interessante é que essa garota a Casa-Monstro não engoliu; ela deve fazer parte da nossa família em alguma época. — As gêmeas falavam simultaneamente. Usavam a mesma poção de sincronia, o que Hugo achava assustador. Elas andavam no mesmo passo, se vestiam iguais e falavam ao mesmo tempo. Ele odiava e já tinha mandando as duas pararem de usar aquele recurso.

Lá estava Sofia, mas por que ela não tinha sido devorada pela Casa-Monstro?

— Não podem mexer no tempo de novo, vai ser arriscado. A garota vai ter de ficar pelo menos até Melina chegar.

Hugo estava certo daquilo, mas Celina discordou. Fora ela e Gaspar, nenhuma pessoa comum podia entrar naquela casa, a não ser que se unisse à família por laços de...

— Ela só pode ficar aqui se no futuro se tornar uma Crível por casamento.

Todo mundo olhou para Edmundo, que mantinha Sofia confortável e mais calma em seu abraço. Ele sorriu sem graça; não podia afirmar nada sobre seu futuro: tinha acabado de voltar do passado e aquilo era incrível demais, então ele precisava descansar e dar tempo ao tempo.

De fato, todos os filhos de Melina tinham muito do que era crível e incrível — desse e de todos os mundos.

Uma coisa era certa: tudo era possível para um Crível.

Muitos recados na geladeira para Edmundo e as crianças

A PINTURA DE SEU QUARTO, EDMUNDO, NÃO DEVE SER NADA SELVAGEM. NÃO QUERO ONÇAS E OUTRAS CRIATURAS, E NÃO ESTOU A FIM DE OUVIR RUGIDOS DE FERA ATRAVESSANDO AS PAREDES. SUGIRO QUE PINTE ALGO SERENO; PODE ATÉ SER O MORRO DE SÃO PAULO. MAS NÃO DEIXE O GRUPO TIMACO NADAR NA PAREDE, E LEMBRE QUE ELES NÃO SABEM QUE NÃO PODEM NADAR.

NÃO SE ESQUEÇAM DE USAR O TELEFONE MÁGICO PARA MANDAR NOTÍCIAS. ELE NÃO VAI DORMIR ENQUANTO VOCÊS NÃO LHE CONTAREM TUDO. CASO NÃO CONTEM, ELE MESMO IRÁ ME LIBERAR INFORMAÇÕES E PALAVRAS SOLTAS NO AR.
TOMEM CONTA UNS DOS OUTROS!

NÃO PERTURBEM O SONO DA CASA-MONSTRO À TARDE. ELA ANDA MUITO SONOLENTA PORQUE O CLIMA ESTÁ MUDANDO LOUCAMENTE. OBSERVEM SE ELA NÃO ANDA COMENDO AS ENCOMENDAS DO CARTEIRO.
ATENÇÃO AOS RECADOS!

EDMUNDO, PRESTE ATENÇÃO EM TODOS E FIQUE DE OLHO NO TIMACO. CASO ELES ENCONTREM ALGUMA CRIATURA MÁGICA POR AÍ, PEÇA A AJUDA DE DAMIÃO. ELE VAI DAR UMA OLHADA EM VOCÊS DE VEZ ENQUANTO.
QUALQUER COISA, ME LIGUEM.

AS GÊMEAS NÃO DEVEM SE APROXIMAR DOS PINTORES QUANDO ELES ESTIVEREM TRABALHANDO. NÃO QUEREMOS QUE ELAS PINTEM REDEMOINHOS NAS PAREDES. NO ANO PASSADO, TIVEMOS UMA TEMPESTADE NA SALA, E A CASA-MONSTRO FICOU COM UMA BAITA RESSACA.
BEIJOS!

A CASA-MONSTRO DEVE SER ALIMENTADA NOS HORÁRIOS CERTOS. REGRA NÚMERO UM: NUNCA IRRITEM A CASA-MONSTRO. EVITEM LEVAR AMIGOS NÃO MÁGICOS, CUIDEM DO GRUPO TIMACO E NÃO DEIXEM O BARBUDO FAZER XIXI DE TINTA NOS MÓVEIS.

PAPAI E MAMÃE PRECISAM TER UM MOMENTO JUNTOS. NÃO APRONTEM, NÃO MEXAM COM O TEMPO E, POR FAVOR, CASO OS INTRUSOS DO QUINTAL ENTREM NA COZINHA, NÃO DEIXEM QUE ELES QUEBREM NENHUMA POÇÃO PERFUME.

SE A TIA AVANI APARECER, TENTEM NÃO IRRITAR ELA. SABEM COMO SUA TIA ANDA MUITO BRAVA POR NÃO CONSEGUIR SE ADAPTAR À CASA-MONSTRO. NÃO DEIXEM A MAÇANETA DA PORTA MORDER ELA OU O MARIDO EXIGENTE.

BEIJO, FILHOTES!

ESSA É A PRIMEIRA VEZ QUE OS DEIXAMOS SOZINHOS POR TANTO TEMPO. SE PROTEJAM E ESTEJAM SEMPRE UNIDOS. SOMOS UMA FAMÍLIA, E SEU PAI ESTÁ MUITO ORGULHOSO DE TODOS VOCÊS. LOGO ESTAREMOS DE VOLTA! LEMBREM-SE DE SEGUIR TODAS AS REGRAS.

MEUS PEQUENOS, NÓS AMAMOS MUITO TODOS VOCÊS.

COM AMOR, "SENHOR PAI E SENHORA MÃE".

Obras citadas

LAGO, Ângela. *Tampinha.* Editora Moderna.

PINTO, Ziraldo Alves. *Menino Maluquinho.* Editora Melhoramentos.

Para saber mais sobre os títulos e autores da GRUPO EDITORIAL COERÊNCIA, visite o site **WWW.EDITORACOERENCIA.COM.BR** e curta as nossas redes sociais.

Além de informações sobre os próximos lançamentos, você terá acesso a conteúdos exclusivos e poderá participar de sorteios, promoções e eventos.

@GRUPOEDITORIALCOERENCIA

@PLUSEDITORA

AV. PAULISTA, 326, CJ 84
BELA VISTA - SÃO PAULO -SP - 01.310-902

LILIAN@EDITORACOERENCIA.COM.BR

(11) 3287-1614

NÃO PERCA A OPORTUNIDADE DE REALIZAR O SONHO DE SE TORNAR UM ESCRITOR.
ENVIE SEU ORIGINAL PARA O NOSSO E-MAIL E
PUBLIQUE CONOSCO.

Esta obra foi composta na fonte ITC Legacy Serif Std,
tamanho 11,5pt, e impresso em papel pólen soft 80g/m².
São Paulo, fevereiro de 2020